世界需要良知

王 宏 甲 演 讲 集

红旗出版社

图书在版编目（CIP）数据

世界需要良知：王宏甲演讲集 / 王宏甲著. -- 北京：红旗出版社，2019.4

ISBN 978-7-5051-4451-4

Ⅰ.①世… Ⅱ.①王… Ⅲ.①演讲—中国—当代—选集 Ⅳ.①I267

中国版本图书馆CIP数据核字（2019）第073816号

书　　名　世界需要良知：王宏甲演讲集

著　　者　王宏甲

出 品 人　唐中祥　　总 监 制　褚定华

责任编辑　朱小玲　　篆　　刻　孙群豪

出　　版　红旗出版社　　内文设计　麦莫瑞

邮政编码　100727　　地　　址　北京沙滩北街2号

编 辑 部　010-57274497

发　　行　北京华景时代文化传媒有限公司　电　话　010-83638551

印　　刷　北京中科印刷有限公司

开　　本　710毫米×1000毫米　1/16

字　　数　148千字　　印　　张　15

版　　次　2019年7月北京第1版　　印　　次　2019年7月北京第1次印刷

ISBN 978-7-5051-4451-4　　定　　价　58.00元

作者（二〇一四年五月 俄罗斯圣彼得堡）

此书送给冠音、坤音和海音

我和世界，是人的一生要面对的最大两个问题。

困惑过我的问题，也会困惑你们。我不能代替你们思考，但可以写下一些文字供你们长大了参考。

在埃及金字塔前（二〇〇六年二月）

二〇〇六年二月，文化部中国民族乐团赴欧非巡演，我随团采访。在埃及金字塔前，令我震撼的不是它的建造，而是古埃及的消失。

金字塔没有少掉一块石头，古埃及消失了。我强烈地感到了，祖国不只是个领土的概念。一个民族的最深厚的力量，不在物质，而在它的文化和精神。

在韩日中文学论坛作《我的中华文明观》演讲（二〇〇八年九月三十日　首尔国际会场）

人类并不是在远古蛮荒时代才有野蛮状态，也不是掌握了高科技就脱离了野蛮。人类在创造了城市乃至繁华的大都市之后，仍然会有惊人的野蛮！

世界上存在着不同的文明源流，在此基础上形成不同的文明观。不同的文明观凝聚着不同的价值观，必然深刻地影响各民族的生活和种种行为。我们正处在一个需要重新审视文明认识文化的时代。

在法国巴黎首届中法文学论坛开幕式上作《世界需要良知》演讲
图中的女主持人穆利埃·德特利是汉学家（二〇〇九年十一月二十五日）

今天，疯狂地获取金钱的作为，被经济理论包装着，空前放大。物欲侵占了心灵，科学压倒了文学。文学有什么用？艺术有什么用？它们的用处好像就是放到拍卖场上，让富人们来评估和宣判它的品级和价格。在我看来，文学、艺术最大的作用，就是在钱财横行、权势霸道，人的精神流离失所的地方，发挥拯救人心的作用。

在教育部基础教育课程教材发展中心组织的专题研修会议上讲《神圣的教育》（二〇一二年六月）

“别让孩子输在起跑线上。”这句话传播得实在太广，造成很多人被拔苗助长。如果出身贫寒，如果落后，你就没有机会了？其实，成功的关键未必在起点，却总是在转折点。在人生漫长的岁月中，你十八岁、三十八岁，甚至六十八岁，都可能有人生重大的转折点。在这个转折点上，由弱变强。一个人如此，一个国家也如此。

还应该记住，会学比学会重要，成长比成功重要，成人比成才重要。

在贵州省委统战部各民主党派学习会上讲《中国文化里的人民观》（二〇一五年十一月十七日）

中国现存最古老的书是《尚书》，以《尧典》开篇。我看到自尧以后，中国政治在千余年间有过三次重大创造性实践。第一次是尧舜禅让，“传贤而不传子”。这里鲜明指向：政治不是为自己家族，而是为全体人民。第二次是商初制《官刑》，以防止和惩治官员腐败。第三次是周公看到不仅君臣素质重要，还需挺进到人民的精神建设中去，因此倡行德治，试图从人心内部建设一个崇德向善的社会。以什么为检验政治的标准？周公认为从“民情大可见”。这上古千余年间的民族生息繁衍，政治传承，为民者昌，失民者亡，难道不是中华文明的主流吗？

——摘自王宏甲二〇一三年出版的《人民观》

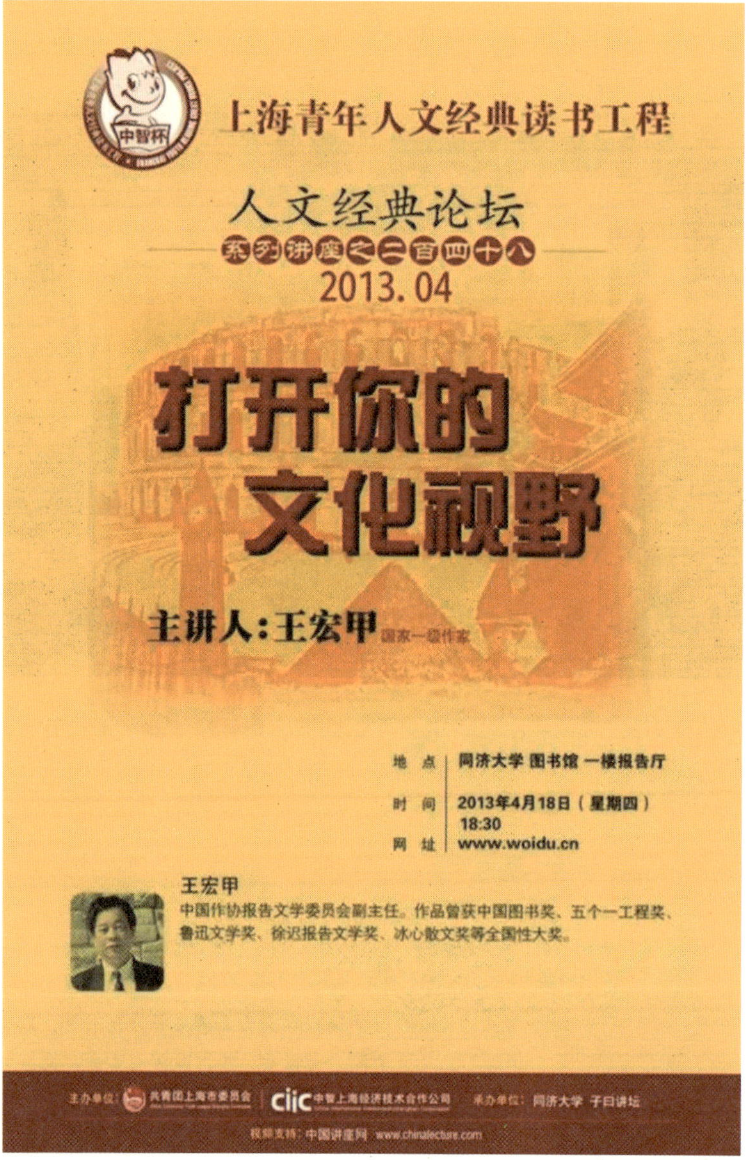

中国人讲“文以载道”，说文章与文学是用来表达和传播真理良知的。中国的“政”字，可理解为用光明正大的文化去治理社会，而不是用武力和霸道统治社会。这些都在三千多年前开始了有意识有组织的大规模的社会实践。

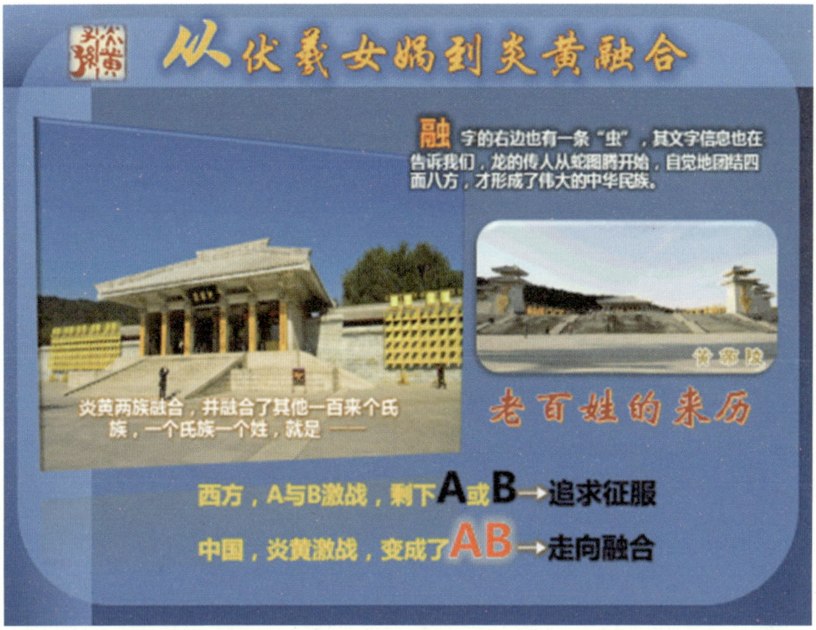

选自《信仰的力量》

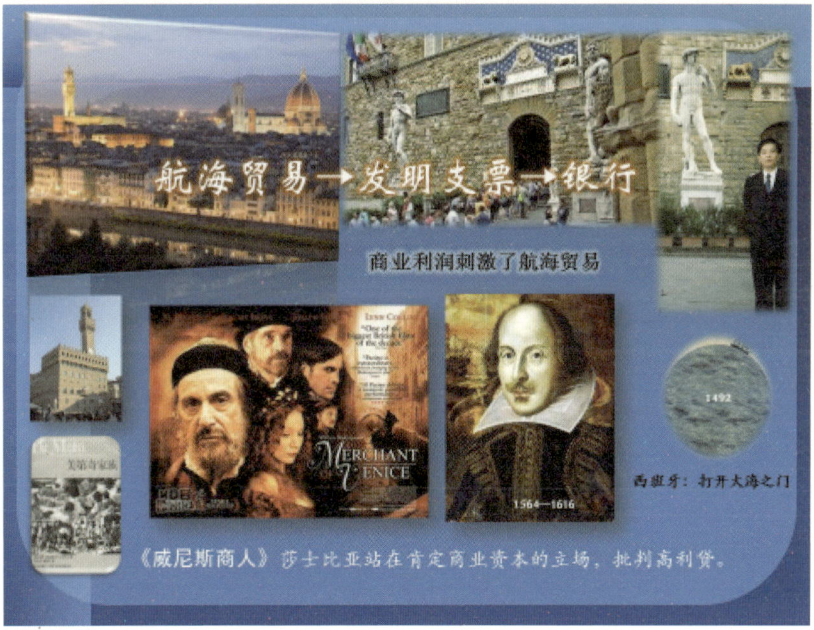

选自《全球化时代的文化战争》

王宏甲演讲课件

再版序言

——送给冠音、坤音和海音

王宏甲

一

我和世界，是人的一生要面对的最大两个问题。

世界多么大，我怎么能认识它呢？

“世界在我睁开眼睛的那一刻诞生，长大后才知道我不是祖先。”有意思吧。就是说，长大后，我知道了，不仅要认识眼前的世界，还需要认识我出生以前的世界。不问从前不行吗？不行。我们会不断发现，不了解从前，无法真正认识今天。我小时候，母亲给我讲故事就说：“从前……”现在我知道，那是很有智慧的。

二

这本书里有一篇我曾经在巴黎的演讲。我讲到一百多年前，法国艺术家罗丹说：“我们这个时代是技师和工厂主的时代，而绝不是艺术家的时代。在现代生活中，追求的是功利。”他说：“心灵、思想、美梦，再也没有人提了。艺术是死了。”这里，罗丹关心的并不是自己的艺术，而是人类的心灵、思想和美梦。

今天是不是比罗丹的时代好一些呢？一九九一年，世界上第一个社会主义国家苏联解体了。美国总统尼克松自豪地说，美国不战而胜。接着，东欧一些社会主义国家改变旗帜。世界变得更好了吗？

三

苏联解体后，世界发生的变化可大了。阿拉伯世界的消息好像忽然频繁地出现在电视里。海湾战争爆发，我们就坐在家里的电视机前看美国攻打伊拉克，就像看战争纪实片。阿拉伯世界也发生急剧变化。西亚、北非大量难民涌入欧盟国家。美洲也有难民，美国总统特朗普下令阻止难民进入美国。

“世上最大的悲痛莫过于失去祖国。”这是一位古希腊诗人对难民悲惨境遇的慨叹。当今潮水般涌入有食物的国家去求生的难民，是因为在自己的祖国已无法生存。“欧洲难民危机”的大标题出现在全世界的媒体。欧洲多国爆发了反难民冲突。这样的冲突是更悲惨的事件。难民危机只是这个世界遮蔽不了的苦难和冲突的一部分。世界怎么会这样？它的惨烈似乎超过了一百多年前罗丹的愤慨。它以血泪告诉世界一个并不深奥的道理——

当穷人过不下去时，富人也不好办。

四

冠音和坤音已经能通读这本书里的文字了。即便如此，这些文字对你们来说还是太沉重了。但是，你们总是要长大的。困惑过我的问题，也会困惑你们。我不能代替你们思考，但可以写下一些文字供你们长大了参考。

远方的事，是不是跟我们没关系呢？

我曾经用了很多时间去觅读人类的往事，看到西方很多史上留名的国家极其重视军事。公元前八世纪有一个国家首创了世界上兵种最齐全、装备最精良的军队，有战车兵、骑兵、重装步兵、轻装步兵、攻城兵、工兵等等。它征服了包括埃及在内的多国，成为西亚和北非最强大的军事帝国。这个帝国叫亚述。

亚述帝国以屠城虐杀闻名，让人闻之丧胆。它强大的军队似乎可以保证它永远强大，但它被周边两个民族的人联合攻灭了。

五

法国画家德拉克洛瓦的著名油画《萨达纳帕尔之死》，描绘了亚述帝国城破之日最后一任皇帝卧室里的屠杀场面。皇帝躺靠在床上，看着他的皇妃们被带到面前统统杀死，被杀的还有他的骏马……我在巴黎罗浮宫看到了这幅油画，注意到画中的皇帝看着就在床前的血腥屠杀，面部冷漠没有任何表情……我想这正是这幅油画最经典的描绘。它告诉世界，人无善良，释放出的恶与残暴，比野兽更可怕。

六

亚述灭亡后，胜利者新建的国家就是新巴比伦王国。

你们将来读历史，一定会知道，巴比伦是一个响彻历史的名字。在新巴比伦之前曾有古巴比伦。古巴比伦有世界上最早的英雄史诗《吉尔迦美什》，最早的法典《汉穆拉比法典》。有轮子的车五千年前已在这片土地上奔驰。古巴比伦人有乘法表、平方根表、立方根表、倒数表等等。

新巴比伦试图建立比亚述更强大的军队、更坚固的城墙。新巴比伦城每边长22.2千米，墙高约8.5米，全城有100扇青铜大门，因此被称为“百门之都”。它不仅军事强大，科技、经济、法律、建筑都发展到西亚两河流域的顶峰阶段，无疑是当时整个西方世界最发达的国家。

但是，新巴比伦灭亡了，灭亡后连民族也不存。

为什么？

七

巴比伦人没有信仰吗？在苏美尔—巴比伦遗址发掘出3500座庙宇。最雄伟的建筑巴别塔传说高达91米，顶层有神庙，供奉的神地位在众神之上。他们供奉的是威力巨大无比的神，他们崇拜、祈求的也是强大无比。

为什么全力追求强大却最终不免灭亡？

这恐怕是一个永恒的哲学问题。

我看到了，世界上最有力量的东西并不在城堡坚固、军事强盛、科技发达、法律威严，也不在经济繁荣，而是要有良知。

八

欧美历史著作都把西亚的历史作为西方历史的开端，他们重视军事，追求强大，有悠久的传统。直到十六世纪，英国思想家弗朗西斯·培根的名言“知识就是力量”，被认为深刻地影响了欧洲近代的发展。知识是不是力量？是的。以知识为基础的科技、经济、军事迅猛发展，促使欧洲最早发展出工业时代。直到今天，美国仍然是世界上最强大的国家。

遥看曾经强大无比的亚述、巴比伦，还有罗马帝国等等，追求科技、经济、军事的超级强大，就能保证永远强大吗？我想我看到了人类的追求中另有更有力量的东西。

九

新巴比伦灭亡那年，中国的孔子十四岁。中国并不是没有战争，长大后的孔子在烽火烛天的世界里致力于人心向善的建设。他讲“仁者爱人”，讲“己所不欲，勿施于人”。什么意思？用今天的话展开说，可以这样理解——

人之所以为人，并不是懂得要像老虎那样比牛马更有力，才可以吃掉牛马。人类的伟力，在于懂得人与人之间，可以不通过残害同类来获得彼此的安全和尊严。

孔子的继承者孟子把从外部世界得来的学问看作知识，把从人的内心自省出来的认识称为“良知”。这是非常重要的思想。

十

我去埃及访问，看到金字塔没有少掉一块石头，但古埃及消失了。我强烈地感到了，祖国不只是个领土的概念。一个民族的祖先拓土开疆发展至今的历史，以及这个历史过程中形成的地域、人文、精神的总和，就是祖国。一个民族的文化衰弱或者精神上有缺失，被其他民族所取代，这个民族就消失了。我由此知道了，一个人如果不了解祖国的历史，是没有祖国的。

孔子的学说，上承炎黄尧舜禹以来的文化。孔子的学说不是说说而已，它分明影响了中国文化几千年。中国历朝纵然经历了政权腐败、矛盾激变，爆发种种战争，总有一种克服黩武的伟大文化力量，导引着中华民族生生不息地走过来。这伟大的文化力量，最核心、最宝贵的就是良知良能。

中国走到二十世纪，毛泽东提出的“为人民服务”是毛泽东思想的精髓，毛泽东关于“世界上”的划分，表达了中国永远同世界上贫穷的人民站在一起，反对一切霸权主义，捍卫人类共同利益，正是继承发扬了中华民族伟大的智慧。

今天中国最高领导人习近平倡导的“一带一路”，提出构建人类命运共同体，为人类共同的利益而努力，都是使我们民族和其他一切民族能够安全、有尊严地共同发展的伟大智慧。

要时时记住，我们是炎黄子孙，对我们民族一代一代创造和坚守的伟大智慧、良知良能，都要视同生命一样，好好尊崇和爱护。

十一

最后我想说，人类并不是在远古蛮荒时代才有野蛮状态，也不是掌握了高科技就脱离了野蛮。这是需要了解的。

我还想说，你们一定要学会阅读，爱上阅读。我曾经在《让自己诞生》中讲过，人间有多少精神的黄昏和早晨，灵魂的高山与湖泊，能塑造我们的心灵和品格。世上有多少日照海洋的往昔，千般旖旎，能开拓我们心灵容纳千秋的能力。这都可以通过阅读获得，会阅读，你就有一所永远的大学，有永远的老师。

但是，还要注意：如果你有知识和很大的能力而缺少良知，你要警惕，有一天你的知识和能力也可能把你自己吞噬。

我在这本书里写下，人的能力，包括经济能力和科技能力，都如同一个“器”，具有工具的特征。一切工具都是可以用来干好事，也可以用来作恶的。因而在一切工具之上，应该有能驾驭工具的东西，这种东西就是人的良知。

人类的良知，是唯一能够阻止这个世界倒塌的东西。

二〇一九年五月十九日　北京

第一版序言

——我为什么推荐这部演讲集

萧雨林

我该怎么向你介绍王宏甲？当前，关于王宏甲的介绍比较通用的版本是“当代文学家”，但我更愿意把他看作一个思想家。听过他讲座的人也许会同意，他还是个演讲家。

一

认识宏甲老师，缘于两年前的一次访谈。

那次，他应邀为湖北省襄阳市党政干部作讲座，讲座的题目是《中国文化里的人民观》。访谈的主题跟阅读有关，因为刚好是“世界读书日”前夕。名为访谈，实际上没有访，只有谈。待我抛出主题后，就只有宏甲老师在那里“高谈阔论”了。

之所以说是“高谈”，是因为他的谈话中蕴含着很多“高见”。比如他这样诠释“政治”——“政”字演变成今天这种左右结构，其实是告诉我们，“政治”是用光明正大的文化来治理社会的一门大学问。所以他对领导干部们说：

不读书，无以从政。

说是“阔论”，因为他的话题非常广阔。他从读书谈到世界上不同的国家和民族有不同的文化源流，不同的文化源流产生了不同的文明和文明观，不同的文明观凝聚着不同的价值观。而我们一百多年来一直面临着西方文明观和价值观的冲击，如果不了解我们民族的历史，不了解我们民族文化的本质和优势，我们就难有真正的文化自觉和文化自信。

他还说：“历史里不仅写着我们的过去，还写着我们的未来。不懂得历史，我们甚至没有祖国。我们需要通过阅读历史，来找回那些被丢掉的祖先智慧……”

那次的访谈主题是临时确定的，王宏甲未做任何准备，真正是出口成章。后来我根据他所讲的内容整理出的文字，几乎未加改动，就是一篇非常完整和精彩的文章。这篇文章后来获得了当年湖北新闻奖的宣传理论奖，以访谈形式而获宣传理论奖的，这在历届新闻评奖中极为少见。

回想起那次访谈，我觉得它更像是一次演讲，尽管当时的听众加上我在内只有四个人。我该怎么描述那次演讲给我的震撼呢？我想用“醍醐灌顶”四字是不为过的。

那以后我开始留意到，王宏甲曾在多种国际性学术论坛演讲。他曾出席在韩国首尔举行的首届韩日中东亚细亚文学论坛，参加“东亚文明与文化共同体”讨论，作《我的中华文明观》演讲；出席在法国巴黎举行的首届中法文学论坛，作《世界需要良知》演讲。这两篇演讲稿当时我并没有搜到，但我可以想象的是，如果演讲者没有深厚的学术功底，没有自己的思想体系，是不可能站在这样的国际学术论坛上讲这样的题目的。

《在圣彼得堡怀想阅读》，是他在俄罗斯第十四届利哈乔夫国际文化对话会议开幕式上的演讲稿。当我从一个叫吴晓蔚的博客上偶然读到它时，我被深深打动。他对阅读意义的思考那么深刻而又广阔，他对青少年时期阅读俄罗斯文学的描述让人感到那么亲切与温暖。后来得知，在这次国际对话中，担任王宏甲翻译的是一位俄罗斯女教授，因为被这篇演讲稿打动，她把其中不少重要段落背了下来。

王宏甲这些年经常受邀到全国各地讲课。他的《中国新教育风暴》出版后，在教育界引发了一场“风暴”，他被作为“教育专家”请到各地讲教育；《人民观》一书出版后，他受邀给军队和地方领导干部作报告。所讲之处都会形成“正能量爆棚”的强大气场，很多人用“振聋发聩”“启人心智”“荡涤灵魂”来表达他们听讲座后的收获与感受。

王宏甲的普通话并不好，有明显的福建口音，比如“胡”“福”分不清楚，还会把“咖啡”说成“咖灰”。但为什么他的演讲能够征服那么多听众？我想是因为，他的演讲是思想与激情的交响，总能通过你的耳朵到达心灵。

二

那以后我搜集阅读了他的几部书，这些书是在不同时期分别获了“全国报告文学奖”“五个一工程奖”或鲁迅文学奖的作品，但我以前并未读过。这些书有的已经出版一二十年了，我读着仍然感到强烈的现实意义扑面而来，这使我相信我看到了具有文化价值的能经受时间考验的书。

在我的读书经历中，这是我读到的每一部都能从头读到尾的书，这是罕见的。当然，每一部都令我读之获益。这时我发现，王宏甲的演讲常常能将他的整部书（甚至不止一部），浓缩在一次演讲里，这使他的演讲能够相当精粹。

在我的印象里，中国作家受邀到各地演讲的也有不少，但像王宏甲这样讲的领域这么广、受众这么多、影响这么大的却罕见。他的演讲涵盖了政治、经济、历史、文化、教育、文学等多个领域，熔历史与现实于一炉，具有很高的艺术价值、学术价值和思想价值。通常，讲座时间控制在两个小时左右。我注意到宏甲老师每一场讲座的主题都非常宏大，要在如此有限的时间里容纳这样一个宏大的世界，那是要有真学问、大本领的。

可是，王宏甲有不少书，却没有一部演讲集。我就想，如果把他的演讲选编出一部演讲集，一定是一部具有独特阅读价值的、启人心智的书。

其实，在我有这个想法的时候，我还没有在现场听过宏甲老师的演讲。但是，凭一次访谈、一篇演讲稿，以及我对他作品的理解，我已经认定了我的想法是有意义的，这使我心中也平添出一种自信。

我把这个想法告诉了宏甲老师。可是，他的演讲少数有演讲稿，多数只有别人录下来的录音或录像，他没有时间整理。我想，如果讲过就过了，没有整理出来、没有出版，是可惜的。在很长一段时间里，这件事放在我心上令我感觉到一种责任重担。这促使我想，我来帮助整理吧。这就是这部演讲集后来终于出版的原因。

当然，这是经过宏甲老师最后修订的演讲集。全书定稿后，我再次阅读，一边读，一边深深为自己的坚持感到庆幸。比如《我的中华文明观》，读后你会惊叹其历史信息之丰富，思想价值之高。其语言之美，也是值得我们反复“拜读”的：

“从此，人类同过去的二百万年挥挥手道别。新生活宛如射透云层的雪地阳光，辉映出人类历史上最大的时代变迁。万年前的祖先踪迹已不是只有石头和化石，祖先的呼吸、愁容与笑容，羊群与牧羊人的身影，茅屋与犬吠，都已经清晰可闻……”

看到这样的语言，你会感慨，历史是有生命和温度的。这篇《我的中华文明观》凝聚着宏甲老师正在撰写的《中国文明简史》的核心思想。由此可知，他十多年前就在为写一部我们民族的文明史做跋涉万古的准备。

《世界需要良知》是他在法国巴黎举行的首届中法文学论坛的演讲稿。他在演讲中说："在我看来，文学艺术最大的社会作用，是在钱财横行、权势霸道、人的精神流离失所的地方，发挥拯救人心的作用。"他还说："人心的善良品质，是唯一可以阻止这个世界倒塌的东西。文学艺术最重要的作用，便是呼唤与塑造人心的善良，而不是相反。"

英国哲学家培根在十六世纪说"知识就是力量"，此说曾影响了欧洲近代社会。王宏甲在二十一世纪初年的巴黎讲台上说，"世界需要良知"，良知与知识具有不同的内涵。

"世界需要良知"是王宏甲的文学观，也可以扩展到他的教育观、历史观、文明观。我以为，它对整个人类的生存与发展都具有普遍的价值和意义。因此，我把这句话作为整部演讲集的主题。

《中华文化里的人民观》浓缩自他的《人民观》一书。他讲道，孔子学说是一个非常丰富的思想体系。自汉武帝建太学设五经博士，《尚书》《礼记》《易经》《诗经》《春秋》成为中国古代教育的经典。如何能使深邃的思想通俗些，为大众所汲取呢？朱熹选出四书并加注释。四书加起来，原文总共才五万三千七百余字。在朱熹看来，要汲取孔子与中国文化的思想精髓，选出四书作为学子必读，这是

“少得不能再少了”。如果说一部《人民观》，对中华优秀文化核心价值观的描述已经是高度浓缩，那么这篇两万余字的演讲稿也是“少得不能再少”了。

《孔子与中国文化》是他尚未完稿的《孔子大传》中的内容。《孔子大传》位列“百位中华历史文化名人传记”这一国家文化工程的首部。古今都有很多人讲孔子，往往会讲孔子是个什么样的人，宏甲老师还会告诉读者“是什么使孔子成为孔子”。一个成长中的青少年如果能读到，一定有大收获。

我还从中读到，王宏甲与公元前五百年天空下的孔子，心灵是相通的。他讲道:“天地间有这样一种人，他永远不会失望。”这是说孔子，也是说他自己。

《神圣的教育》浓缩自《中国新教育风暴》这本书。该书获得了第四届鲁迅文学奖，并被中央电视台拍成了三十集电视片。他讲的是新教育，但依然跋涉到历史深处去探寻教育的本质和意义。“只有你才能阻止这个世界倒塌”，这振聋发聩的演讲，让很多教师重新找回了身为教师的神圣感和使命感。

三

遇到宏甲老师以前，我是一直持“批判思维”的观念，这或许与我多年从事评论工作有关，总以为“无批判，不评论”。此前读的书也多以批判社会的为主，受其影响总觉得中国社会的问题很多，中国人是有“民族劣根性”的，无论是历史还是现实都是充满了黑暗的。

感谢二〇一五年的那个春天。四月的南湖阳光明媚，一抹阳光透过巨大的玻璃窗照耀进来。宏甲老师那不到一个小时的“演讲”，为我打开了一个完全不同的思想世界。我不知不觉被吸引，然后开始读他的所有作品，心灵境界也在不知不觉间开阔起来。我渐渐学会以光明之心来看待我们的历史，理解现实的中国，认识眼前的这个世界。

批判中国人的“劣根性”，对中国历史刨根论朽，是过去一百年留给中国的问题，至今仍有很多有知识的头脑是接受了这种观念的。而宏甲老师几乎所有的作品都在小心翼翼地维护我们民族的历史，把那些被“批倒批臭”的东西重新捡起来，拂去尘灰，还其光明。

他用他的作品告诉我们，把这个社会说成是黑暗的，从古至今都不少啊。孔子生活的时代就是“礼崩乐坏”，但孔子没有被黑暗湮没，竟然想挽救那个“礼崩乐坏”的世界。所以朱熹说“天不生仲尼，万古如长夜”。即使整个世界都黑暗了，我们也不要熄灭自己那盏灯。守住自己那盏灯，也能照亮自己。其实，很多时候，感觉社会黑暗时，那只是笼罩在自己身边的“世界”浸染着黑暗的因素，穿过这些黑暗，外面的世界依然有阳光灿烂。所以，我们要经常警惕一叶障目，只要有一片叶子挡住我们的视线，眼前就可能一片黑暗。他还说文学艺术真正的意义，就是要从黑暗里写出光明，从绝望中写出希望，从侮辱里写出尊严，从死里写出生……

我经常会想，如果没有遇到宏甲老师，我还要走多少思想的弯路？现在，他的思想体系和哲学思辨很大一部分浓缩在我选编的这部演讲集中。面对这样宏大的思想体系，我感到语言的匮乏。人民出版社有位编辑曾这样评价：“王宏甲用文学联通多学科，建造了一个通古今、连中外的独特的绚烂世界。这个世界不仅与现世相通，而且从时空上延展了我们心灵中的世界。”这部演讲集里的每一篇，都具有这样的特征。我想我还可以这样描述：它是王宏甲的思想之树，上面结满了果实，也许有人看不见；你一旦看见了，这就是你的果园。你将可能占有他思想的精华，终身受益，这便是获得了一条思想的捷径。他的讲述也可能不都准确，其更大的意义是能引起积极的思索，这有助于建立起我们自己的文化自觉。

我还想说，尽管这部演讲集的文章主题各有侧重，却具有一个共同的特征：每一篇都有着对中华优秀文化的深刻理解和深情描述。我们的文化自信，是要建立在对本民族文化深刻理解的基础上的，因此，这部演讲集是很适合广大干部群众包括青少年阅读的。

最后我重复一句，虽然宏甲老师已有许多著作，但这部演讲集具有与他的诸多著述不同的魅力。用他的话说："写给眼睛的文章通往头脑，写给耳朵的话语更容易到达心灵。"我深信这部演讲集会成为具有恒久学术价值和艺术魅力的经典，值得人们反复阅读。如果你遇见了它，那将会是你的幸运。

二〇一七年九月

目 录

我的中华文明观

——在韩国首尔首届韩日中东亚细亚文学论坛上的演讲

二〇〇八年秋，王宏甲作为中国作家代表团成员赴韩国出席“第1届韩日中东亚细亚文学论坛”，参加“东亚文学与世界文学”和“东亚文明与文化共同体”的讨论。

有报道称，这是自唐宋以来，中国、日本、韩国三国的文学家首次坐在一起探讨文学与文化问题。九月三十日，王宏甲在首尔国际会场作《我的中华文明观》演讲。受时间限制，当时是择要演说，全文译为韩文在大会交流。以下是全文。

一个需要重新认识文明的时代

今天探讨文明，不能不讨论到西方文明对整个世界的影响。

过去的五百年来，西方的迅猛发展及其形成的西方文明体系，对全球的征服性渗透，已使世界不同文化源流的人们，在不同程度上采用西方文明观来评述文明。

西方史学界认为，用以衡量文明的主要标志是城市的出现，并列出城市、文字、专业劳动分工、政府组织、纪念性建筑物，以及宗教中心等为文明的标志。

在二十世纪前期，中国一些知识分子接受西方文明观后，对中国古代史学界构建的古史体系就提出质疑。因为按西方的文明观衡量，中国殷商时期的城市、青铜器、甲骨文等，可以满足标准，但商朝的开端距今只有三千六百多年。若按中国《夏商周断代工程年表》公布的年代，上溯到夏禹也只有四千多年。那么，中华文明史有没有“上下五千年”？

到当代，中国历史著作乃至《辞海》、教科书，对中国人世代尊崇的炎帝、黄帝和大禹，都只作为“古史传说中的人物”，而非历史人物。中国人称自己为炎黄子孙，而炎帝与黄帝是否真有其人，都不能明确肯定，这岂不是一件尴尬的事吗？

我们正处在一个需要重新认识文明的时代。

我们首先应当确认：世界上存在着不同的文明源流和不同的文明观，不同的文明观凝聚着不同的价值观。认为文明只有一个起源，或者只认同西方一种文明观，是不对的。

英国汤因比在《历史研究·绪论》中也曾这样描述：“我们自己的西方文明用它的经济制度之网笼罩了全世界。”他还说，某种错误概念之一就是：“认为文明的河流只有我们西方的这一条，其余所有的文明不是它的支流，便是消失在沙漠里的死河。”

中国历史学家夏鼐先生一九八三年在日本的一次国际讲演中，说过一段很有意思的话。他说，三十年代有些学者以为殷墟文化便是中国最早的文明。“我们知道，小屯殷墟文化是一个高度发达的文明。如果这是文明的诞生，这未免有点像传说中的老子，生下来便有了白胡子。”

资本主义与社会主义这两种不同的社会意识形态的形成，是近代以来的事。不同的文明源流，则根植于非常悠久的民族文化土壤，它是与各民族的生息繁衍、万代传承血脉相系的，具有极其顽强的生命力。

一个民族的文化力，成为国家综合实力中极重要的“软实力”

在今天格外凸显出来了。文化自觉与文化自信对于我们个人也越来越重要。因而，重新审视文明——认识世界上存在不同的文明，在今天尤为重要。

中国人自成风格的文化和文明观

中国人讲“文”，是相对于“武”来说的。

这个“武”字，在我看来，就寄托着中国先人对文明的深远诉求。我们知道，汉字“刃”字里的那一点代表锋利，“戈”字里的一撇也代表锋利。你瞧，“武”字里就有一把“戈”。可是，中国造字的祖先把“武”字里的“戈”卸去一撇，变成了一把无刃之戈。这还不够，又在“武”里郑重地安上一个“止”。这是什么意思？这是用文字信息叮嘱人们：如果不得不用武了，那也得适可而止啊！

这就是典型的中华文明观。

中国人讲“文治武卫”。文用来治理社会，武是用以保卫自己而不是攻击别人的。在中国几千年的古典话语体系中罕见“征服”一说。在西方著作中则很容易看到，谁征服了谁，征服者是胜利者的代称。许多大型纪念物，是为纪念征服者的战功而建立的。

有成熟文字的时代已经是距今比较近的时代，上面说到的中华文明观，必是产生于创造出文字之前。它起源于何时呢？

中国人讲“文明”，是相对于“野蛮”的。

中国先人讲，以“文明之道”施“文德之教”。追溯中国古人对“文明”的看法，我惊佩地看到，《易·乾·文言》说：“见龙在田，天下文明。”到了唐代，大学者孔颖达写有：“天下文明者，阳气在田，始生万物。”这里已有文明起源于农耕生活的含义。

中国古代讲“文化”，是“文治”和“教化”的总称。所谓“设神礼以景俗，敷文化以柔远”，这“景俗”里的“俗”字，便蕴含着浩渺的人间烟火和深邃智慧。你想，远古人类散居于山林野谷，百里不同风，千里不共俗，如果不能使彼此同风共俗，如何能使部落发展壮大，如何能有共同的家园？

“春秋所以大一统者，六合同风，九州共贯也。”西汉博士谏大夫王吉曾经在上疏中这样写道。另一位官员贾山也铿锵写下：“风行俗成，万世之基定。”汉代重视风俗，并设有风俗使，可以证明统治者重视乡风民俗乃至纳入国家制度建设。这对于中国多民族国家的形成和巩固，作用巨大。到隋唐，大臣仍然认为：国家元气在风俗，风俗之本系纪纲。而同风共俗，需要施于朝廷，通于天下，贯于人心。

中国人讲：“民以食为天。”古人造这个“俗”字，就以“人”和“谷”构成，能够共俗，共同有饭吃，就是天大的事。所以用“景俗”去讴歌，而且是应该“设神礼”，以神圣的心情去膜拜的。中国历代莫不以同风俗为治国大事，所谓“为政之要，辨风正俗”。这里的“正俗”，已上升为要用光明正大的价值观去同风共俗。

“敷文化以柔远”，便是注重用文化治国，并寻求与邻居相安。换句话说，中华民族的形成，不是靠武力去征服，而是用文化去寻求沟通和理解，寻求同风共俗。

考察“传说”会发现，一个民族经久不息的传说，往往是一个民族历尽岁月考验而不毁不灭的口碑。炎黄二帝的传说就是经典口碑，比后代明文镌刻的任何石碑，都更经受住了历史岁月的考验。相传炎帝族与黄帝族曾经交战，黄帝族胜利了，炎帝族失败了。结果并不是黄帝族灭了炎帝族，而是两族融合了。接着又融合了周边氏族，形成的部落大联盟有多大？据说约有一百个氏族，一个氏族一个姓，这就是“百姓大联盟”，后世的“老百姓”之称也由此而来。

古人说伏羲姓风，风被认为是中华最早的姓氏。

风繁体字写作“風”。“風”的象形描绘是天穹下一条长虫，这是蛇图腾的标志。龙是以蛇图腾为本体，融合其他氏族的图腾，如鹿图腾、牛图腾、虎图腾、龟图腾、鹰图腾、鱼图腾等，林中走的、旷野跑的、地上爬的、空中飞的、水里游的，都各有代表。仅仅融合具体的人群还是不够的，中国龙的创造，还凝聚着尊重各氏族的信仰。所谓“风俗”，由此开始。风俗，讲的就是要团结、要融合。

“融”字的右边也有一条“虫”，中国古人以“右”为先，其文字信息也在告诉我们，龙的传人从蛇图腾开始，自觉地团结四面八方，才形成了伟大的中华民族。

我想，如果用一个字来形容中国文明的本质，那就是这个“融”字。能周乎万物、融会天下，就是龙。

龙者，融也。融者为龙。

和平，高于战争。

融合，缔造和谐。

什么是“和谐”？有一种释读，汉字的“和”，从禾、口声，人人有饭吃的意思；“谐”字，从言、皆声，人人能表达自己声音的意思。按今天的理解，“和”讲的该是民生，“谐”讲的该是民主。

这种释读对不对呢？我也看到有学者说，不对。

虽然，单这个“和”字，在中国文化里就有非常丰富的思想，如西周末期思想家史伯阐述的“和”，“和而不同”“和而不唱”等。“和谐”二字也常用于音乐领域、哲学领域，但我仍然愿意为上述在很多人看来属于政治性的释读喝彩。

我以为：“和谐”二字里昭示的祖先图腾、智慧密码，是记录声音的字母文字所不具有的。这样的中国字所凝聚的祖先理想、万古教导是如此丰富，我不能不无比敬仰和尊崇！

融合与和谐，是中国文化千秋万岁不变的旋律，是凝聚中华民族最伟大的力量。

自古高山大河是造成割据的天然环境。中国有世界上最高的高原，欧洲最大的河流也不及中国的长江、黄河。长江南北、黄河两岸、山海关外的东北、四川“天府之国”、云贵高原，以及新疆天山南北、漠北草原和西藏等地区，在地理环境上都是容易造成割据自成一国的地域，要能够以共同的理想和价值观统一起来，是非常不容易的。但中国人做到了，并坚持下来。这反映出中国人打破地域封闭、地区隔绝、军事割据，超越语言障碍，以寻求沟通和相互了解的愿望与奋斗多么悠久和顽强。这么大的事实放在这儿，能认为中国人封闭吗？

炎黄大融合给后代子孙做出了伟大的榜样，所以中国人称自己为炎黄子孙。今天的美国人绝大多数是欧洲和其他各洲的移民，不论其来自意大利还是英国、法国，到了第二代、第三代，你问他是哪里人，他会说自己是美国人。但美籍华人即使到了第五代，你问他是哪里人，他仍然会说自己是中国人。这是为什么呢？

中国文明起源于万年前的“四大发明”

历史不只是历史学家用文字与睿智写下来的，尤其是五千年以前的年代，最精彩的篇章是考古学家用铲子写出来的。

中美考古学家在中国湖南省玉蟾岩遗址，发掘出距今一万两千年的人工栽培稻谷。这是迄今发现的世界上最早的农作物。发掘出同时期人工栽培稻植硅石的，还有江西省的仙人洞和吊桶环遗址，年代超过万年的还有广东省牛栏洞。它们都证明，农耕起源于新石器出现之前的洞居时代。

距离北京八十公里处的南庄头遗址，距今也达到一万年。发掘出狗、猪的骨骼。猪的驯养，在中国具有突出的地位。中国汉字“家”，就是屋顶之下养着猪的形象表达。

西方人最早把地球气候变化对农业起源的影响写进了历史著作。通常写道：约在一万两千年前，距今最近的一次冰川消退，野生小麦和大麦在西亚的丘陵地区生长起来，此后试图种植它们的驯化工作就开始了，时间约在一万一千年前。此前西亚人还开始了驯养绵羊、山羊等动物。但在西亚早期的农耕遗址没有发现陶器，于是西方学者称之“无陶新石器时代”。

在中国玉蟾岩、仙人洞、吊桶环遗址，都发现比一万两千年前更早的陶器。在北方南庄头等一系列遗址，也发现了年代早于一万年的陶器。

中国人如何能在一万两千年前冰川还没有消退的岁月，就开始了驯化农作物，并发明了陶器？

那个“冰期”，是我们祖先的生息繁衍遇到严峻考验的岁月。

天苍苍、野茫茫。已有许多动植物在冰川中灭绝。人类能够得到的食物减少，这迫使我们的祖先从洞穴山林走出去，走向更广袤的荒野，在湖沼河谷寻觅追猎大小动物，捕捞水生生物。这个时期的洞穴遗址中普遍发现大量的螺蛙遗壳。

远出觅食，回洞穴已不方便，先民就开始在野外搭建窝棚或地穴式临时居所。在黑龙江哈尔滨阎家岗，发现两处两万年前的野外营地遗址。在湖南、河北、山西等地发现年代超过万年的灶坑和火塘，也很典型。这些简陋的遗迹，证明人类开始自己动手来搭建野外居所了。

从那野外居所的火塘，可见钻木取火或击石生火——在那个冰川时代——实在是发挥了拯救人类的伟大作用。

石在，火种就在。从此，人类不管走多远，都能生火了。

中国人说的“伙伴”，这个“伙”字，就精辟地描绘出了人和火密切的关系。“伴”字，在我看来，包含着这样的隐义：你如果不知道与他人合作相伴，缺“伙”，那么你将不是一个完整的人，你只是半个人。

出现在火塘边的狗，是最早驯化出来的猎人伙伴。狗的驯化成功，极大地鼓舞了人类驯化其他动物的信心。动物是有灵性的，狗与人类的友好相处，还在人类驯化其他动物的过程中，成为其他动物的榜样。

野生植物是不会跑的，但采集者要勤快地奔走。妇女的采集活动极大地扩展了范围。这个时期，对两类细小食物的强度利用具有突出的意义。

一是妇女的采集对象扩展到植物细小籽实。更大的意义是：为有稳定的食物来源，依靠自己来种植的意识，就在那个时刻诞生！

二是小型水生食物。小小螺蚌不是野兔野鹿，实在难以烧烤，但螺蚌已成为重要食物，这会强烈地渴求一种新的办法来解决怎么吃的问题。中国最早的陶器是釜形陶炊具，说白了就是“陶锅”，它在未见农耕遗迹的洞穴遗址中出现了。

总起来说，距今一万年以前的一万年，在人类几百万年演化历史上，是里程碑似的辉煌的一万年。在这以前的两百万年，人类都靠采摘和捕猎生存。到发明农业、畜牧业，就是依靠自己来生产食物了。所谓旧石器和新石器，都只是改变自然界原有的石头形状。陶器则是从无到有，完全由人类发明的第一个器具。从前的居所也是自然界的洞穴，房屋则是人类自己发明的居所。中国先人经历了地球冰期的严酷磨砺，开始驯化稻粟，驯化动物，制造陶器，修造房屋，胼手胝足独立完成了开天辟地以来最恢宏的“四大发明”，并由此开始了人类历史上第一次重大社会转型——从向自然界获取食物和用具的时代，走向依靠自己来生产的新时代。

从此，人类同过去的二百万年挥挥手道别。新生活宛如射透云层的雪地阳光，辉映出人类历史上最大的时代变迁。万年前的祖先踪迹已不是只有石头和化石，祖先的呼吸、愁容与笑容，羊群与牧羊人的身影，茅屋与犬吠，都已经清晰可闻。

在这里，重要的不仅是“四大发明”或“生产革命”。

人类文明的起源，最本质的特征是人的意识的觉醒。

在以往的二百万年，人类头脑中一直存在与动物的“敌对意识”，看见动物就想捕杀，或者逃跑。一旦学会驯养动物，就培养出爱惜动物的意识，收获的就不仅是驯化成功的动物，更驯化出自身的人性。

栽培农作物，培育出爱惜庄稼的意识。发明陶器、建造房屋，都会培育出珍惜劳动、相互协作等意识。在中国远古第一次社会大转型的黎明时光，这些物质和精神的重大进步是存在的。我以为可以称为中华文明的萌芽期，亮起了文明的曙光。

关于文字起源，在距今九千年左右中国淮河上游的贾湖遗址，发现龟甲、骨器和陶器上有十六例刻画符号。世界上尚未发现比这更早的刻符。怎么理解这些符号，还是很大的难题。

在淮河中游的安徽省双墩遗址，发现了六百零七例刻符，主要刻画在陶碗等日用器物上。这些刻符含义已经比较明确，具有了“释读的语段性”，受到国际古文字学术界的重视。从距今八九千年的贾湖刻符到殷商甲骨文，可以看到一条延续了四千多年持续发展演变的脉络。

很久以来，学术界把有文字记载的历史称为“文明史”或“信史”，把此前的历史称为“史前史”，我感到困惑。

考古发掘出来的实物，比如陶器的历史，难道不可信？

有文字记载的历史，本身存在当时认识的局限，而且不能保证不被歪曲。

不是有了文字才有文明史。

文明也并不只是由文字构成，而是从那些有同野蛮分手的人的心灵中孕育和分娩出来的。如果我们把会制造工具的人类二百万年称为文化时代，那么，一万年前中国人走向依靠自己来生产的时代，这是个极其重大的分野，由此转向新时代，堪称走向文明的开端。因此，我以为，中华文明史不止五千年，而是至少有一万年。

这样认识，并不是为了要把中华文明史推到更长，而是为了更清醒地考察文明的起源、文明的本质，以及文明起源后仍然会遭遇怎样的打击和挫折，经历怎样的失落、尴尬、毁灭、反思，经历怎样的承继再造。

我以为，文明起源后，大致可分为四个阶段。

萌芽阶段。

村落文明阶段：从氏族走向部落大联盟，并有了家。

古典文明阶段：从建城池走向建立城市，并有了国。

现代文明阶段：从维护国家利益走向建立与世界各国的友好关系，并努力于维护人类的共同利益。

我们今天探讨文明，要注意到，在现代文明中，物质文明占有突出地位。物质文明极大地改善了人类的生活，并不断使人类更加文雅。但也须臾不能忘记，物质文明凝聚的更多是人类发明创造的能力，而人的能力始终是可以用来做好事，也可以用来行凶作恶的，所以仅凭人的能力，不能保证这个人脱离野蛮状态。

应该记住，人类并不是在远古蛮荒时代才有野蛮状态，也不是走进文明时代后就脱离了野蛮。人类在创造了城市乃至繁华的大都市之后，仍然会有惊人的野蛮！

我在一次讲课时说道“法西斯像野兽一样”，有位学生站起来纠正说，老师您讲错了。我问哪儿错了，学生说：您污蔑野兽，野兽没有那么坏。

二十世纪，法西斯战争的野蛮给世界人民造成的灾难，都有先进的科学技术支持。而人类创造的核武器是科技成就的极高体现，如果缺乏精神的文明去驾驭，足以毁灭整个地球。

迄今，一个社会的文明，一个人的文明，仍然是摆在当代人类面前的重大问题。因而，追思和确认文明的本质，汲汲于对人类安全有益的继承和创新，这始终是探讨文明起源和历史研究的现实任务和现实意义。

人类演化进程中最宝贵的文化传承系统

探讨现代文明，我们也无法忽略达尔文的生物进化论。

达尔文告诉我们，生物进化的一般规律是优胜劣汰。他说每一种生物，为了生存繁殖都要进行生存竞争。适者生存，反之就被淘汰。并说，生物进化的一般规律也适用于人类。

可是，我们仍然要问：地球上无数生物，为何只有人类进化成今天这模样？人类究竟靠什么而优？

少年时，我们的幻想就跟随科学家去翱翔，包括科学家脑海中翻腾的伟大诗篇般的自由想象。我们因此知道，最早的生命来自水。然后，有的生命上岸了……我想可以这样记取：生命热爱阳光、空气和自由。

生命的延续，繁殖后代是最重要的环节。水中生命繁殖后代，生出的卵是软的，上岸后，为保护后代，进化出有壳的蛋。有壳的蛋也不够安全，更好的方式是别把卵生出体外，就在肚子里孕育成胎儿，于是从卵生进化为胎生。

地质学上说的第三纪，地球上的爬行动物衰弱或绝灭，哺乳类、鸟类动物兴起。这兴衰的奥秘在哪里？我想，奥妙就是，哺乳动物进化为胎生，并懂得育婴护幼。

鸟类虽然还是卵生，但它们有孵卵的耐心和爱心。鸟类没有乳房，母鸟口对口哺育幼鸟的精心照料是很动人的。

爬行动物对后代就缺乏这样悉心的哺育和照料。那么，决定一个物种的生存还是衰亡，似乎并不取决于这个物种是否凶猛和强壮。“精心哺育、懂得爱护”，这些品质则非常重要。

胎生，生出来不能不管，需要精心抚养，爱护和爱的意识就萌生了。在这方面，人类是做得最好的。

我以为，有非常悠久的生命传承告诉我们，人类是因为有爱，有相互依存、同心协力、合作分享，因有这些品质，才成为人。

从什么时候，人类丢弃了这些品质，就会变成最有能力自相残杀的动物。

在工业时代，适者生存、优胜劣汰的观念，使人们倍加重视竞争能力。寻找古人类踪迹也注重区别有没有制造工具的能力，有，就称之“能人”，并按工具的粗糙和精细程度，分作旧石器时代和新石器时代。据此探索的“从猿到人”的祖先历史，很大程度上是人类能力的进化史。

我们无法忽略，无数生物只有人类进化成今天的形态，这恐怕不仅靠细胞、基因、血脉等生物遗传系统的进化，还因为演化出一套可以把经验、精神的信息传给后代的系统，我们可称为文化传承系统。

是这个文化传承系统，使人类同其他生物区别开来。尤其是一万年前人类走向生产，显然主要不是靠生物学意义上的“生物进化”，而是此前非常悠久的文化传承积累，在万年前腾升出飞跃性的质变。探寻这个文化传承系统在人类演化中的作用，便是人类文化学等人文学科的任务。

我曾经琢磨，中国人为什么自古就说：“你用心想一想。”

少年时我感到奇怪，不是用大脑想的吗，心怎么会想呢？

今天我们知道，探寻古人类进化，脑量就被重视。现代医学更发现大脑创造财富的巨大潜力，而心脏是个发动血液循环的器官，与聪明无关。资本和权力都有人羡慕也有人痛恨，人的才能则几乎总是受到赞赏。大脑是产生能力的工具，深受重视。心脏不能用于使资本增值，心被忽略了。当人类喊出家园失落之时，并不是无处栖身，而是心没有地方住了。

我于是惊讶地发现，我们的祖先硬是创造出了“心想”的概念，把“大脑”和“心”的作用加以区分，这多么高妙。

大脑能产生聪明与才华，大脑也能产生阴谋诡计。当古人说“你用心想一想”时，不是要你的能力，而是要你的良心。

中国人自古流传下来的“良心观”，表明中国人把最崇敬的桂冠，并非戴在头脑上，而是戴在人心上。

中国人圆形的世界观

世界各民族的文明，都有各自深远的哲学基础。按西方人的描绘，希腊早期的哲学家有“自然派哲学家”之称，而且多有几何数学基础。希腊哲学，若用图形表示，我看更像是一种“线性的世界观”，总是很容易把世事分作先进和落后，导向进取和淘汰。达尔文的生物进化论、优胜劣汰论，其实有悠久的西方哲学基础。

汤因比在《历史研究·绪论》中也谈道，西方关于文明的错误概念的三个来源之一，便是以为“进步是沿着一根直线发展的”。

中国哲学对世界、对万事万物的认识，若用图表现出来如阴阳鱼八卦图，更像是一种“圆形的世界观”。太阳是圆的，月亮是圆的，孕育生命的卵也是圆的。在中国哲学“圆形的世界观”中，哪里是起点，哪里是终点？中国人讲周乎万物，弱者也是重要的，没有人应该被淘汰。

欧洲有许多城堡。中国人却从修篱笆、修寨子到修长城。

万里长城为什么要这么长？

因为它企图保护城墙内所有生灵和庄稼的安全。

因为每一个生灵都重要！

中国人的阴阳观念始于何时？

在九千年前的贾湖农耕遗址，发掘出世界上最早的乐器——骨笛。在规模最大、随葬品最多的一个墓葬中，发现最精良的两支骨笛——雌雄笛。墓主人大约是这个部落的酋长，一双雌雄笛精品分别安放在主人股骨两侧双手可以触及的地方，可见把雌雄笛看作最珍贵的器物。

雌雄笛在贾湖人的心目中，为什么具有如此崇高的地位？

贾湖骨笛，大都是一墓两支的雌雄笛。

缺一就失却生命的一半。

这里的人间理想和精神追求，不在音乐，在生息繁衍，在阴阳相谐。此后的西汉马王堆墓有长短两笛，延至明清还有广为流行的雌雄洞箫。至于宝剑，春秋就有雌雄剑。

贾湖最高水平的一双雌雄笛的隆重安放仪式，表明在贾湖聚落最受重视的已经不是哪一种生产粮食的石器，而是诉诸人的精神与灵魂的乐器。这是一个不能忽略的细节！

这个细节，反映的其实是贾湖社会的核心价值观，是中国文化与文明精神上承远古下传万代极为宝贵的渊源。

我曾经怀想，中国人为什么要创造出十二生肖？

属牛、属马、属猪、属狗……牛马猪狗都可以理解为是人类的朋友。可是，为什么要让我们的孩子属小老鼠呢？

这大约是祖先要我们的孩子记住，这个星球上的每一种动物，包括小老鼠，都应该看作生灵，是人类的朋友。

我惊叹于祖先在遥远的年代是如何完成了这样一个传承万代的造化，它使每个孩子一生下来就与某种动物有一种非“生物遗传”而是“文化赋予”的密切关系。它的伟大含义包括：兄弟姐妹中不论属龙还是属鼠，我们都是兄弟姐妹，要团结。即使现世中一直不乏你争我斗、你死我活的相互残害，正因争斗和相残的存在，祖先的叮咛和大智慧才显出珍贵。这伟大的生存和生活智慧，是与“天人合一”，与“和谐”，相通相融的。

早在哥伦布把“新大陆”的消息带回欧洲后，西班牙人科尔特斯曾率六百余人征服了五百万人口的墨西哥帝国，另一个西班牙人皮萨罗率一百六十人就征服了六百万人口的印加帝国。这些历史事迹都加强了欧洲人以“先进”征服“落后”的意识。

一九〇〇年八国联军攻陷北京，中国人以惨痛的牺牲走进二十世纪。这时，在西方人看来，四大文明古国尚存的最后一个，到灭亡的时候了。

但是，就在二十世纪，中国又如此顽强地站起来了。

为什么？基于不同的哲学观。西方讲进化，讲以强汰弱，中国人更注重演化。演化注重的不是强可以淘汰弱，而是强可以变弱，弱也可以变强。中国哲学还讲贫生于富，弱生于强，乱生于治，危生于安，并认为多难兴邦。更值得重视的是，这些古老的生存智慧，在中国并不只是存在于伟大的智者中，而是在世世代代未必识字的母亲的乳汁中就不断哺育给孩子。

最伟大的力量总是蕴藏在数不清的平凡生命中，盖因中华悠久的文化精神是渗透万代国民的，因而总能在最危难的时期挽起无数手臂，同舟共济，众志成城，共救国难。西方列强侵入中国，遇到的最强大的抵抗力量，既不是中国政府，也不是中国军队，而是遇到了伟大的中国文化和中华文明。

东亚文明属于同源的文化共同体

中国、朝鲜、日本的文明具有同源性。

韩国、日本的国旗上，最鲜明的图形都是圆。

东亚各国应该在充分珍视自身文明渊源的基础上，加强沟通，互相学习，形成相得益彰的文化共同体。

中国人认识中国文化与文明，也是当今很大的任务。

我认为，中华民族的伟大，并不因为地大和人口众多，而是因为中国文化与文明温柔敦厚的融合力而伟大。

在我们当今的社会中，仍然存在不公正、不平等，仍然存在相欺相残，这在有些地方甚至非常严重。但这只表明人性的复杂性，并非“民族劣根性”。

中华悠久文明之根本，是优秀的、伟大的。

所谓“民族劣根性”的说法，是荒谬的。

对历史的尖锐抨击，往往由于知之甚少。

不懂历史，才容易在当今灰心丧气。

当代中国人认识、学习中华文明优秀的本质，学习存在于许多普通人中的优秀品格，是一个艰巨的工程。

我们认识乃至继承和发展中华文化伟大的融合力，最重要的意义并不是为了比其他民族更强大，而是为了更好地建设一个和谐的世界。唯其如此，才有人类的安全、幸福和尊严。

二〇〇八年九月三十日　首尔

世界需要良知

——在法国巴黎中法文学论坛上的演讲

二〇〇九年十一月二十五日，首届中法文学论坛在巴黎开幕。中国作家协会主席铁凝率六位作家与法国八位作家、汉学家进行了文学对话。中国驻法国大使孔泉莅临开幕式，他说："希望能够有深入的交锋，使大家在不同的国度里，在不同的生活环境中，对一些人类面临的共同的问题进行探讨和交流，增进相互之间的了解。这非常有意义。"

以下是王宏甲在论坛开幕式上演讲的全文。

一

参加这个论坛，有机会向法国的作家、评论家、哲学家，以及法国的中国研究专家学习，我很幸运。最初我准备的发言，主题是“文学在社会发展中的作用”。有关方面建议我对题目略加修改，让我讲讲中国作家如何关注社会。在过去的一个世纪，这个话题，应该说是多数中国作家所关注的。这种关注，是同中华民族一个半世纪以来的命运相联系的，民族灾难之重，痛苦之深，不能不关注。中国改革开放时期，正碰上一个计算机时代在全球出现、面对各种陌生事物和错综复杂的局面，当代作家也不能不关注社会，这就构成了中国文学的一个主流基调。

从我个人的体会来说，我这些年特别留意的是，要想能有比较开阔的眼光去关注社会，就应当向世界各国的文学艺术家学习，向五千年来中外一切优秀的文化学习。我相信古往今来一切为了使人成其为人的伟大奋斗和努力，都值得我深深尊敬，并且能够赐予我力量和智慧。

一百多年前，法国艺术家罗丹说：“我们这个时代是技师和工厂主的时代，而绝不是艺术家的时代。在现代生活中，追求的是功利。”他说：“心灵、思想、美梦，再也没人提了。艺术是死了。”在这里，罗丹关心的显然是社会许许多多人的心灵、思想和美梦。

今天是不是比罗丹的时代更好一些呢？我看到，我们似乎并不比罗丹幸运。在经济全球化的时代，罗丹所说的情况并没有得到改善，反而在全球加剧了。现在不仅是罗丹说的“技师和工厂主”的时代，还是金融家和财团的时代。科技的大规模的开发力量，使全球的生存环境更加恶化。

就在本月十四日，威尼斯居民为自己的水城举行“葬礼”。威尼斯城的排水系统是很发达的，但当初的建筑师并没有预测到今天地球环境的整体恶化，温室效应导致的海平面逐年上升，威胁着威尼斯的存在。有科学家预言威尼斯城将被淹没，未来是不是真会这样？

我不是科学家，我不知道。但有报道从另一角度说，威尼斯的旅游业排挤了其他产业的生存空间，基本生活物品的价格持续上涨，许多人离开家园，威尼斯人口已减少到不足六万人。

“葬礼”中，一艘粉红色的凤尾船载着一具棺材，由数十条小船护送，沿威尼斯大运河蜿蜒前行。最后，抬柩人打碎棺材，取出一面绘有凤凰的旗帜。这意味着威尼斯人并不甘心这座心爱的水城死去。

中国人对这个凤凰涅槃、浴火重生的期望是看得懂的。在我看来，只有人们精神、价值观的再生，威尼斯才可能从灾难中复活。

去年我和我的朋友出版了一本书叫《休息的革命》，指出当今的金融危机并不是由于生产能力不够。人类生存环境的恶化则与疯狂地攫取财富有关。印度的甘地曾说：“严格说来，凡是积聚财富或囤积财富超出自身合法需要的行为，都是盗窃行为。”在谈到甘地的时候，美国记者埃德加·斯诺这样说：“甘地并不否认人的躯体需要是首要的。他说过，对一个空肚子的人来说，食品就是上帝。但是他给这样的现象打上了一个大问号，这现象就是人们疯狂地追求金钱和财产，把这当作文明的生活目的，而在颜色和化妆品的伪装下，人的野蛮本性却依然如故。”

今天，疯狂地获取金钱的作为，被经济理论包装着，空前放大。物欲侵占了心灵，科学压倒了文学。文学有什么用？艺术有什么用？它们的用处好像就是放到拍卖场上，让富人们来评估和宣判它的品级和价格。

但是，艺术是有用的，文学是有用的。

二

三千多年前，中国的西周王朝派人到各诸侯国去采集民间歌谣，也鼓励官员和有文化的人创作诗歌，那是很把文学艺术当宝贝的——比青铜器更重要的宝贝！

商朝有很好的青铜器，可商朝被周武王灭了。商朝覆灭不久，武王去世，武王的弟弟周公负责辅佐年幼的君主，周公便是当时国家的实际最高领导者。发动去民间采诗和鼓励诗歌创作的就是周公。几百年后，这些诗歌被孔子收集整理成教育人的课本之一，就是《诗经》。

当初周公为什么要做这件事，为什么那么看重诗歌？

中国历史上，殷商时期的人讲贫富，西周时期的人讲贵贱，为什么有这转变？讲贫富，就是追求富。殷商富不富呢？汉语中有“殷富”“殷实”之词。所谓“殷实人家”，那是讲民间家庭积蓄充实。我们由此可以遥想殷商是富的。但殷商灭亡了。

为什么灭亡？后人多说是因为商纣帝的残暴。我以为殷的灭亡不能仅仅归咎于纣帝一人的残暴，而是统治社会的核心价值观丧失了道德精神，导致一个富国覆灭。周公吸取前车之鉴而倡导德治，这是周朝最显著的特征。

我曾拜访洛阳的周公庙，心想，周公为什么要倡导德治？在殷商社会，“天命不易”的说法已很盛行，这是说殷商受天命而统治天下，这是不可改变的。可是商朝被周灭了。可见靠“天命”统治天下是靠不住的，那么靠什么呢？

周公认为，商朝失天下是因为失德，周人则因为与民“同心同德”才得到天下。那么，关键不在于天命，而在于有没有德。可是，怎样才能有德和保持住德呢？

公元前十一世纪，除了利用神的力量来约束君权，如何利用君权以外的力量来限制君权的办法在全世界都还没有发明出来。周公试图在人心的内部塑造有德的品质，从而使人产生约束自己的力量。

当然，一个社会，仅靠君王有德是不够的，还需要造化全体臣民的心。

周公想到了礼乐。礼，用来规范人的行为；乐，用来陶冶人心。礼和乐，是达到德的方法。

周礼是周代完备的政典和法规。用政令和刑法来治理社会，上古就有。企图用文艺陶冶人心来塑造美德，达到治理社会的目的，周公算得上中外第一人。他主持制定的雅乐体系十分恢宏，西周的诗是用来配乐歌唱的。直到今天，中国人仍然称“诗”为“诗歌”。西周的诗歌，有风、雅、颂之分。

雅，是正统的宫廷乐歌，内容多是周民族的叙事史诗。颂，是祭祀乐歌，用于宫廷宗庙祭祀祖先，赞颂神明。雅和颂，主要是周朝掌管礼乐的官员或贵族的作品。倡导创作这些颂歌和史诗，首先是期望贵族不忘祖先的创业事迹和传统。这很重要。因为无论夏朝与商朝的覆灭，最终都并非穷人灭了他们，而是贵族自己把自己灭了。

风，就是各诸侯国的土风歌谣，这是周朝派采诗官员和文艺人才到民间去采集来的，称“采风”。直到今天，“采风”仍然是作家去民间采访的代称。把民间歌谣采集起来加以倡导，有利于民间传唱，社会影响最为广泛。

殷商时期已初具周代六艺教育的内容，但由于特别重视“祀与戎”，教育是把宗教和军事放在首位。到了西周，六艺教育依次是：礼、乐、射、御、书、数，这是把礼乐教育放在首位了。用教育去推广礼乐，其影响就从塑造少年开始。

西周音乐诗歌教育之发达，使乐律学有重大成就，十二律体系都在周代完成。所谓“黄钟”“大吕”，就是十二个律中的律名。直到今天，“黄钟大吕”仍被作为代表国家水平的最好作品的代称。“高雅”之说，也源于西周高水平的雅乐。

礼乐制度的推行，雅乐诗歌教育的社会影响，使殷商时的占卜之风在西周逐渐淡化，人们从念咒语变出咏诗。殷人讲贫富，周人讲贵贱了。西周人认为，一个人即使穷，但不偷、不抢、不懒惰，精神可以高贵。一个富人，如果精神趴在地上，行为可耻，那也是下贱的。富贫讲的是外在财富的多寡，贵贱则讲人格精神的高下。

中国有“君子”之说，什么叫“君子”？通俗的理解可以是：一个民间的小子，有高贵的精神，那也可以在“小子”前冠以一个“君”字，叫“君子”。

如此，一个从人的精神内部发生改变的社会出现了。周代钟鼎的铭文里，“德”字大量出现。此前的“德”字有一种写法由“直”和“心”构成，加上俗称的双人旁，意为人与人之间要以正直的心相待。德治便不仅仅是针对执政者而言的，它适用于所有的人。当不依靠“天命观”来统治社会时，一个超越商朝的时代就真正开始了。

三

其实，中国殷商时期达到的繁荣，甚至难以用一个“富”字来概括。中国现存最早的一部文献集叫《尚书》，其中记载商朝的人赶着牛车去远方进行贸易活动。商族人发明了中国最早的货币，从而发明了通过货币来交换的真正意义上的商业，这是商代最显著的特征。贸易促进了手工制造业勃兴，商代进入青铜器的繁荣时代。贸易需要算术，使数学得到发展。从甲骨文可知，商代已经用“一、二、三、四、五、六、七、八、九、十、百、千、万”来计数，并按十进位记数了。需要记账，文字就像从地底下突然冒出来似的。商代的历法每年分为春、秋，这大约是后人把历史岁月称作“春秋”的来源。到商周之间，一年分四季。所谓“历史”，因有“历”，由“史”官对人事加以记载，便有了“历史”。商代不只甲骨和青铜器上有文字，《尚书》说殷的先人就有册有典了，那就是中国最早的书籍。殷商时代的数学、天文、历法、文字、典籍、历史、乐舞、医药、教育、军事等诸多领域，都有了皇皇建树。论生产工具和生产能力，乃至人口、疆域、兵员和武器装备，商朝都比来自西部的周族要强大很多，却被周取代了。岂不悲伤！

可见仅凭富裕、知识和技能，并不能保证一个社会的安全，更需要人心灵中的善良，需要美德，才能维系一个社会较好的运转。周公建立礼乐制度，用秩序规约人的外在行为，用文学艺术陶冶人心，塑造美德，培育人精神中的高贵品格，对西周社会的进步产生了独特的作用。

这是通过文学艺术的陶冶，在人心的内部建设起一个新世界。从方法论说，这是创造出从人心的内部来约束和建设自身的方法，既作用于人的个体生命，也作用于社会。

距今三千多年前，释迦牟尼、孔子、耶稣这些塑造人类精神的圣人都还没有诞生，周公用文艺来塑造精神的方法先之问世了！每思于此，我都对周公肃然起敬，对文学艺术满怀敬忱！那就是凤凰涅槃。

周灭商后，可以说是一个武力征服者、财富占有者，周公选择了当精神的建设者。中国人讲“文以载道”，说文章与文学是用来表达和传播真理良知的。中国的“政”字，可理解为用光明正大的文化去治理社会，而不是用武力和霸道统治社会。文化的熏陶使人文质彬彬，并使克服黩武成为社会正统价值观。这些都在三千多年前开始了有意识、有组织的大规模的社会实践。

周代创造了青铜器的黄金时代，最突出的“国之重器”就是青铜鼎，汉语“鼎盛”描述的就是这个时期。周代还孕育催生了铁器时代。铁器的使用为人们创造或占有更多财富带来了便利，但也给社会带来了危机。这个时期周天子逐渐无力号令诸侯，诸侯国之间发生战争，战车隆隆、烽火烛天，战争带来的灾难打碎了人们的生活。民间杀人不以为罪、抢劫盗窃不以为耻者大有人在。

这是又一个追逐财富、武力、权势的时代，诗歌音乐没有人提了，文学艺术是死了，所谓“礼崩乐坏”！

这时，孔子出现。从上古到春秋中期的诗歌，据说有三千多篇，孔子收集编纂了三百零五篇，这就是中国现存最早的诗歌总集《诗经》，它是中国其后一切文学作品的源头。那是又一次凤凰涅槃。

今天回头一看，多少宏伟的宫殿倒塌了，多少雄强的帝国崩溃了，多少曾经繁荣的经济消失了，但《诗经》没有消失。两千多年间，它是中国读书人必读的教科书，对塑造中国人的道德良心，乃至中华民族精神品格的形成，一直颠扑不破地发挥着不可或缺、无可取代的巨大作用。

在我看来，文学艺术最大的社会作用，是在钱财横行、权势霸道、人的精神流离失所的地方，发挥拯救人心的作用。人的能力，包括经济能力和科技能力，都如同一个“器”，具有工具的特征，而一切工具都是可以用来干好事，也可以用来作恶的。因而在一切工具之上，应该有能驾驭工具的东西，这种东西就是人的良知，它是唯一可以阻止这个世界倒塌的东西。

一九八八年一月，就在巴黎，世界各国的一批诺贝尔奖获得者开了一个会议，会议结束时发表了一个宣言：“如果人类要在二十一世纪生存下去，必须回头去吸收两千五百年前中国孔子的智慧。”那些令我们尊敬的人士的呼吁，值得我们持久重视！

我以为，当今能够拯救这个世界的，不是经济，也不是科技，而是人类的善良之心。文学艺术，则可以为呼唤和塑造人的良知，发挥应有的作用。所以我愿意把我发言的题目定为《世界需要良知》。

谢谢大家！

二〇〇九年十一月二十五日　巴黎

在圣彼得堡怀想阅读

——在俄罗斯第十四届利哈乔夫国际文化对话会议开幕式上的演讲

二〇一四年五月十五日，俄罗斯第十四届利哈乔夫国际文化对话会议在圣彼得堡工会人文大学开幕。这项活动最早由俄罗斯人文学者利哈乔夫等人于一九九三年发起，倡导通过深度阅读进行独立思考与相互交流，后发展为国际性的文化学术会议。二〇〇一年俄罗斯总统普京签署特别法令，确定将这一民间性的学术会议改由政府主办，每年一次，邀请多国学者、教授、科学院院士、经济学家、文学家、外交官等名士参加。二〇一四年会议主题为“文化对话”。

中国作家协会首次派员参加这个文化会议。王宏甲被安排作大会演讲。会后，他的演讲稿俄文版在俄罗斯学术网站“利哈乔夫广场”全文刊载。

我怀着感激之心，来参加俄罗斯的这个国际学术活动，不仅因为有机会向俄罗斯和多国的学者学习，还因为俄罗斯犹如我心中少年时期的故乡。我不是第一次来圣彼得堡，每当踏上这片土地，总有一种格外亲切的感觉。为什么有这种感觉？我想，是因为青少年时期阅读过的俄罗斯文学作品在我心中留下的亲切记忆。

一

我的民族，在公元前四世纪就有用诗篇讴歌农民生活的人，他的《九歌》可以作证。这个伟大的名字叫屈原。屈原那么奔放、那么充沛地表达了他的理想，他的困惑，他的追问，他的爱情，那是他整个生命熔铸的诗篇，闪耀着光芒四射的个性光辉。

一千多年后，中国唐代的“李杜诗篇”达到中国古典诗歌的巅峰。若论其特征，我以为李白一生写“自由”，杜甫一生写“苦难”。因为李白的诗歌自由如云，并折射出大唐开放的气象；杜甫则把人民的苦难那么庄严地写进文学的殿堂。

到了宋代，大文学家苏东坡赞扬唐代的文学家、思想家韩愈，说他“文起八代之衰，而道济天下之溺”。这让我们能够想到，大唐盛世其实贫富差距极大，如杜甫诗曰“朱门酒肉臭，路有冻死骨”，苏东坡形容那个年代的人心淹到水里去了，韩愈用他的文章去把天下沉沦的人心从水里捞起来。

我读之震撼，感到了文学的力量。但这些，是我人到中年时才逐渐体会到的。

在我从少年走进青年的岁月，更让我感觉到“文学”的是普希金的诗，托尔斯泰、高尔基、契诃夫、肖洛霍夫的小说，以及《卓娅和舒拉的故事》《第四十一个》《没有寄出的信》《这里的黎明静悄悄》等。那遥远的青年男女的人生，或者爱情故事，那么奇妙地让我对乡村的树林、林中的小路、金黄的落叶，以及河边的草地与波光粼粼的湖面，都有了亲切的感觉。

文学，这是文学！书中的阳光、暴雨、泥泞、篝火、破屋，在阅读中全都洋溢着色彩。在那文字里面，我们能听到草帽的歌声，并为养育了代代儿女的枯萎的乳房感动……

我一直在心中感谢俄罗斯文学（尤其是苏联时期的文学）给予我的滋养，我甚至梦想有一天能到伏尔加河上去划船。

后来，苏联解体了。但我坚信，这片土地上的人们创造的伟大文化，仍然会在这个民族的内部存在。今天，我置身于利哈乔夫国际文化会议，更确切地看到了传承这伟大文化的力量。

怎样来表达我所看到、感觉到的景象呢？我想这样说，二〇〇五年秋天，在我首次拜访俄罗斯的日子里，得知圣彼得堡有两百六十四个博物馆，四十五个美术馆，两千多个图书馆，八十多个剧院，一百多个剧团，不能不惊佩！因为，如果没有众多阅读者、欣赏者，焉能有这么多图书馆和剧院？

我曾经在普希金、陀思妥耶夫斯基的雕像前留影，心中想着，一个国家如果没有众多阅读者，它的文学、艺术和思想，都会枯萎。当一个国家的公民对文学艺术的兴趣被追逐权钱物欲所取代，整个国家的公民文化素养都会衰退。一国公民文化素养的衰退，比大规模的经济衰退更为可怕。

二

我也怀着崇敬之心来阅读这个文化活动的发起人之一利哈乔夫，他最重要的著作是他辞世前夕交付出版社的巨著《俄罗斯研究》，其中主要是研究俄罗斯历史。他在书中呼吁，要善待俄罗斯伟大的文化遗产，并指出俄罗斯文化在灾难性地衰落。他说必须妥善保护本民族文化、语言、文学、音乐等历史传统，保护一切文化设施，特别是博物馆、档案馆和图书馆，唯此俄罗斯才能称得上强大。

利哈乔夫在《俄罗斯思考》中说："世界上没有哪一个民族像俄罗斯这样被人如此褒贬不一。"我想，在这方面，中国与俄罗斯或有相似的命运。

中国的孔子是中华上古文明的集大成者，他收集了在春秋战火中散失的上古典籍加以编纂，其中有距今四千年前的先夏文明。他倡导的学问，在中国汉朝被汉武帝定为太学的五种教本，设五经博士，此后成为中国古代教育的经典读本。就阅读而言，这是世界教育史上最悠久的教材。孔子无疑是对中国文化影响最大的人。在世界上，他是最受尊敬的中国人。可是，从二十世纪前期至今，孔子在中国却是最受争议的人。西方人也会反思，也有批判精神，但没有猛烈抨击苏格拉底、柏拉图的。中国人不惜抨击自己最伟大的教育家、思想家孔子。不仅打倒孔子，甚至对本民族的历史文化刨根论劣论朽，论“中国人的劣根性”“民族劣根性”！

利哈乔夫曾指出，有许多学者对俄罗斯历史知之甚少，却对现状大加抨击，对未来随意预测。在我看来，俄罗斯人毕竟没有对自己的民族刨根论劣，这是值得庆幸的。利哈乔夫认为，不能正确了解历史，是无法把握未来的。怎么能真正了解俄罗斯历史？他说应当研究俄罗斯历史与文化的特点，而这是离不开深入阅读的。

没有阅读，我们就没有历史。

历史，对于任何一个公民来说，都不是可有可无的。

一个人头脑里没有祖先的历史，就没有心灵上的祖国。

三

参加这个国际学术活动，了解利哈乔夫的见解及其在俄罗斯阅读活动中的影响，这是很值得我们关注和借鉴的。

我的祖国拥有世界上已使用了最久的文字，我的祖国还是造纸和印刷术的故乡，因而我的祖国拥有世界上最丰富的历史典籍和最悠久的阅读传统。但在今天，我国怎么竟会成为世界上人均阅读量较少的国家之一呢！利哈乔夫指出，“俄罗斯文化在灾难性地衰落”，这声音鞭策我们也应该反省中国的尴尬。

阅读习惯是需要在人生少年时培养起来的。中国长期通行的“应试教育”是致使很多孩子的阅读兴趣未能发育的主要原因。老师和家长叮嘱的总是“把作业做好”。没人问：你今天看了什么书？一个没有培养起阅读习惯的民族，会有怎样的未来？我不知该怎样想象。但我知道，我一再痛惜地感到，在我的祖国，最大的弊端莫过于顽固的“应试教育”，它在灾难性地扼杀国家的未来，其危害之巨，我们恐怕还未充分认识到。

当然，在我的祖国，致力于克服教育弊端的仁人志士是有的。我完全赞同一位并非从事教育职业的教育家的观点：“一个没有阅读的学校，不可能有真正的教育。”

人类历史上有很多精神的高山流水，要达到那些精神高峰，阅读与思考是唯一的途径。我少年时记住了高尔基的一句话：“书籍是人类进步的阶梯。”现在想来，这是要通过一代代人的重复阅读，才使“进步的阶梯”不断延伸。没有这样的重复攀登，人类的精神就会退化。四肢健全的新一代，也可能成为精神的侏儒。

就每个成长中的青少年而言，我以为阅读是以自主的姿态，开拓心灵容纳世界的能力和境界。如果不会阅读，不愿阅读，我们的世界就太小了。

我还反复表述过，阅读历史是需要感情的，而不总是持“批判的态度”。感情可以使历史宽衣解带。没有感情，世界就没有真正的透明。感情会从失败中看到奋斗，从污秽中看到纯洁，从丑陋中看到美好，从侮辱中看到尊严。继承遗产，也是要有敬畏和珍惜之心的。阅读与继承祖先的历史，不是把甘蔗送到磨坊里去，榨成糖水和甘蔗渣，然后留下糖水，把渣扔掉。人类的历史是光明与黑暗共同创造的。我们需要有生命的历史，不要被肢解的历史。历史因珍惜而辉煌。爱惜坍塌，才知崛起。

在圣彼得堡怀想阅读，我想，祖国，不只是个领土的概念，一个民族的祖先拓土开疆发展至今的历史，以及这个历史过程中形成的地域、人文、精神的总和，就是祖国。真正的祖国是文化，文化衰弱，民族就衰弱。唯有通过阅读，我们才会成为祖先的文化后裔。

最后，我想引用中共中央总书记、国家主席习近平的一段话来结束我的发言。习近平主席对中国历史文化极其重视，一再倡导领导干部要读书、要读历史。二〇一三年八月十九日，习近平总书记在一个重要会议上特别讲了四个要“讲清楚”：讲清楚每个国家和民族的历史传统、文化积淀、基本国情不同；讲清楚中华文化积淀着中华民族最深沉的精神追求；讲清楚中华优秀传统文化是中华民族的突出优势；讲清楚中国特色社会主义植根于中华文化沃土。我以为这是中国的福音。

二〇一四年五月十五日　圣彼得堡

全球化时代的文化战争

——二〇一四年俄罗斯国际文化对话会议印象

本文是二〇一四年王宏甲在参加俄罗斯第十四届利哈乔夫国际文化对话会议后所写。文章介绍了这次国际文化对话会议的背景，以及他在参加会议期间的所见与所思。这里谨将这篇“印象记”一并收入。

这篇文章除了讲阅读的意义，王宏甲对本次国际文化对话所涉及的议题还有更深入的思考与揭示：当世界从争夺领土变成争夺资源，文化侵略也在事实上不断发生。当一个民族的文化遭到侵略而出现精神沦陷，无异于国民灵魂被占领。二十一世纪，保卫本民族的文化比以往任何时期都更重要……阅读此文，除了感受其语言之美，还将使读者获得更多的思想启迪。

这个清晨，如此容易让我想起自己十四岁的夏天。

那个夏天（一九六七年）刚刚开始，学校停课了。我回到家里，日子空旷得像看不到边的大草原。正是那停课的年月，我得以集中地阅读了大量课外书，其中大部分是苏联文学作品。

现在，我就漫步在涅瓦大街的清晨。空气凉丝丝的，空旷的人行道上，偶尔有一两个俄罗斯人迎面走来。他们还穿着较厚的衣服或戴着帽子。

太阳尚未升起，天空明亮而高远，那很远很远处的白云，还让我联想到更加遥远的西伯利亚。

现在想来，也许我应该说，在那停课的年月，我通过阅读学到的东西，对我一生的影响是最大的。这不能用读了多少书来衡量。我从书里看到了一个很大的世界，那不仅是地域范围的世界，更有古往今来的心灵世界。

我曾经合上书怀想保尔、冬妮娅、丽达，还有卓娅和舒拉，我想象他们走在林中或者雪地的情形。没想到，有一天我会来到卓娅和舒拉的墓前，来到奥斯特洛夫斯基的墓前，瞻仰他们的雕像。更没有想到，有一天，我会站在圣彼得堡的一个国际文化对话会议的讲台上，发表演讲。

这个日子就在今天——二〇一四年五月十五日。我写下此文，还因为时隔几十年后，在圣彼得堡，我再次感受到了阅读里的一个大世界。

一

这个会议，就源于倡导阅读。

苏联解体后，俄罗斯人文学家利哈乔夫等人于一九九三年发起一个阅读活动，接着，俄罗斯科学院、俄罗斯教育学院和圣彼得堡知识分子代表大会成为这个阅读活动的共同发起人。随后，俄罗斯外交部也成为这个阅读活动的支持者。

阅读，何以被如此重视?

苏联解体了……虽然，有俄罗斯人致力于它的解体，但是，这个伟大国家的解体，数不清的苏联人是有深深伤痛的。阅读，被广泛重视的阅读，就在那悲伤里一如从分娩的剧痛中诞生。

阅读，与以往的阅读有什么不同吗？读什么呢?

利哈乔夫于一九九九年逝世，他最重要的著作是《俄罗斯研究》，研究的主要是俄罗斯古代文化史。

这是一个被电视、网络占领了人们精神世界的年代，人们还有多少时间独立思考？阅读，深度阅读，才有益于独立思考。有独立思考，才有益于相互交流，才可能重新认识历史、现在和未来。这大抵是倡导阅读在俄罗斯被重视的原因。

这实际上是一个通过阅读发生的研究性活动，由于不可能孤立地研究俄罗斯，不久发展为国际文化学术会议。二〇〇一年，俄罗斯总统普京签署特别法令，确定这一国际会议的俄罗斯国家地位。每年一届，邀请多国学者、教授、科学院院士、经济学家、文学家、外交官、主教等名士参加。今已是第十四届。

中国作协首次派员参加这个文化对话会议。代表团共三人：王宏甲、张颐武、周晓枫。我们于五月十四日乘飞机前往圣彼得堡，当晚入住圣彼得堡涅瓦大街上的一家五星级酒店——雷德森皇家酒店。

二

清晨，我走在涅瓦大街。

今天的大会，我将听到什么？我不知道。

早餐之前，还是先好好地看看涅瓦大街吧。

从以往的阅读中已知，这是圣彼得堡最繁华的大街。它的历史与圣彼得堡这座城市一样悠久。说它悠久，其实只有三百多年（彼得大帝于一七〇三年五月二十七日下令建造）。今天的资料说，涅瓦大街全长4.5千米，宽25米至60米，从涅瓦河畔的海军总部一直延伸到亚历山大·涅夫斯基修道院，横贯莫依卡河、格利巴耶多夫运河与喷泉河。由于圣彼得堡是从沼泽地里建起来的城市，这是个多河的城市，整个圣彼得堡由七百多座桥梁连接起来。

这条街有果戈理、柴可夫斯基等众多俄罗斯名人的故居和各种历史遗迹。它的精美建筑看上去相当整齐，是因为它们的高度不能超过距此不远的冬宫的高度。这是一条流淌着俄罗斯政治、历史、文学、艺术、科技、军事等种种往事的大街。

涅瓦大街的名字屡屡出现在俄罗斯文学作品中，果戈理有部短篇小说就以《涅瓦大街》为题，描绘了十九世纪中期圣彼得堡的市井人生。中国读者对奥斯特洛夫斯基的小说《钢铁是怎样炼成的》比较熟悉，这条街上有个奥斯特洛夫斯基广场，广场上却耸立着叶卡捷琳娜二世的塑像。

涅瓦大街有个“沃尔夫与贝兰热甜食店”，这是普希金喝完最后一杯咖啡的地方。一八三七年一月二十七日，普希金就是在这里喝完最后一杯咖啡，然后直奔决斗地。这个店也是莱蒙托夫、陀思妥耶夫斯基等人常来喝咖啡的地方。

涅瓦大街确实称得上是一条文化名街。这条大街上还有东正教的喀山大教堂、新教的圣彼得和保罗教堂、天主教的圣凯瑟琳教堂、荷兰教堂、亚美尼亚教堂等，共处一街，相安无事。我感觉这里其实有俄罗斯文化的一种特征。

在地域上，俄罗斯横跨欧亚大陆。在历史上，俄罗斯曾经被蒙古人统治二百年。我不清楚蒙古人的文化对俄罗斯人有过怎样的影响。在今日俄罗斯人的血统里，是一定流淌着蒙古人基因的。在俄罗斯民歌中，也能听到蒙古人深情的曲调。

我读俄罗斯文学，无论《复活》中聂赫留朵夫的忏悔，乃至为玛丝洛娃奔走申冤、陪她流放西伯利亚，还是苏联时期文学作品中大量的利他精神，与欧洲作品中常见的描写是很不同的。

今天俄罗斯人的语言中常说“西方人”，是把自己区别于欧洲的西方人。当然，他们也把自己区别于东方人。然而，俄罗斯文化在历史岁月中是自然地兼有东西方文化的。十月革命产生世界上第一个社会主义国家并不偶然。在世界上，它是一个不同于西方，也不同于东方的国家。这一点是非常值得我们重视和研究的。

今天，即将举行的俄罗斯国际文化对话会议，我将听到什么？

三

早餐后，我们乘坐大轿车前往圣彼得堡工会人文大学。

会议在这里的一个剧场开幕，接着就是大会演讲。

高大的舞台上悬挂着利哈乔夫的巨幅画像。演讲台设在舞台的左前方，主席台设在右前方。主席台上只有四个座位。

演讲开始不久，我注意到演讲中探讨的文化问题很不一般。举一例，如讲到第二次世界大战的苏德战争，演讲者发问：苏联最后的胜利，究竟是军事的胜利，还是文化的胜利？

我不禁一惊！在我们的记忆中，苏联红军开始反击被称作第二次世界大战的转折点，苏军攻克柏林以及莫斯科红场上朱可夫将军的骑马塑像……所有这些，不是告诉我们那是苏联红军的军事胜利吗？

可是，论军事，当时希特勒的机械化部队在武器装备和行动之快速等方面都强于苏军。就看看在圣彼得堡这座城市曾经发生的一场保卫战，有多么惨烈！

今天的圣彼得堡，在德国入侵时名为列宁格勒。更早的原名叫彼得格勒，是彼得大帝于一七〇三年下令建立的俄国“欧洲之窗”，二百多年来一直是俄罗斯帝国的首都。一九一七年它是十月革命的发源地。希特勒曾下令要把列宁格勒从地球上抹掉。他甚至这样说：“至于对彼得堡的善后处理问题，我们一定不能仁慈，要让每一个俄国人吓得发抖！我们要把旧世界毫无意义的法律、旧世界的犹太—基督教的传统踩在脚下。我们不需要俄国，既不需要敌对的俄国，也不需要友好的俄国，我们只需要一片东方的土地。所以我们决不接受无论是彼得堡，还是莫斯科的投降。你们必须把它们化为乌有，化为灰尘，让它们在地球上消失。”

可见希特勒要攻克列宁格勒的决心多么坚决。结果呢？

列宁格勒被德军围困九百天，死难超过一百万人，列宁格勒的军民仍然坚守着这座城市。靠什么？最主要的，难道不是靠文化的精神的力量吗？这就不能不探讨到十八九世纪以来，俄罗斯文化（文学、科学、戏剧、美术等）塑造的俄罗斯民族性格、意志和精神。

大会用俄语、英语、华语三种语言同声传译。这使我能听到全部的发言。我注意到在大会演讲的有不少是各国的科学院院长、副院长，人文学院院长，心理学院院长，还有多国驻外大使。

大会探讨的问题还有：罗马帝国分裂后，自拜占庭文化开始，因文明不同、信仰不同而发生的战争，在欧洲非常突出。这些历史事实都表明，最核心的问题并非军事冲突而是文明的冲突。

人类能不能通过文化对话来化解危机、化解冲突？还有：世界是否注定要通过暴力来发展，诸如争夺空间，争夺资源……我由此看到，对抗与对话，是这个大会演讲中探讨的核心问题，也是二十一世纪人类安全的主要题目。

我在大会开幕的当天上午被安排在大会演讲，是在本次大会演讲的唯一中国人。演讲的题目是《在圣彼得堡怀想阅读》。为我做同声传译的是圣彼得堡工会人文大学教中文的副教授加林娜。她的翻译十分流利精准。她告诉我，最早把我的中文稿译成俄文的是圣彼得堡大学的一位教授。她接受为我做同传任务时只拿到俄文译稿，她想看看中文原稿，就向圣彼得堡大学的那位教授要中文稿。中文稿很快传过来了。她说她仔细对照了原文。我问她：“您觉得翻译得怎样？”她说：“翻译得非常准确。”她说她很喜欢这篇讲稿，并对其中讲到的中国古典认真研究。所以讲稿中的很多段落她几乎能背下来了。听到这些，我不禁为加林娜一丝不苟的工作精神感动。下午，我被邀请在主席台上就座，另外三人都是白人。我知道，这是对中国的重视。

大会的主持人是圣彼得堡人文大学的校长。大会演讲结束时，主持人宣读了台下递上来的一张纸条，纸条上写了一个问题：为什么在大会演讲的只有男生，没有女生？大家笑了。

四

第二天是研讨会。中华人民共和国驻圣彼得堡总领事季雁池来看望中国参会人员并出席研讨会。研讨会为圆桌会议形式，桌上放着写有参会者姓名的桌签，边上放着矿泉水，不排场，简洁大方。俄罗斯人的名字用俄文书写，其余都用英文书写。

研讨会更充分地体现了“文化对话”。研讨会同样用俄语、英语和华语三种语言同声传译。研讨会开始不久即出现争论。我确实感觉到了，无论昨天的演讲还是今天的研讨，涉及的广度和深度，不在于有没有一致的认识，也不在于有没有结论性的答案，重要的是能引起思索和再思索。研讨会要求每个发言者的发言不超过五分钟。我在那些发言中，有些是我听不明白的言论，还是清晰地感觉到了——

> 世界昨天从争夺领土变成争夺资源，与此同时，文化侵略在事实上不断发生。这种文化侵略，不仅是向不同文明形态的国家输入不同的价值观，更在于瓦解他国的价值观。

美苏冷战，美国人宣称对苏联“不战而胜”，就是通过文化攻略渗透。今天俄罗斯学者在研讨中说：“我们要像保卫列宁格勒、斯大林格勒那样，保卫俄罗斯文化。”我听了感到震撼。

如果说二十世纪争夺自然资源还是突出的特征，二十一世纪，文化资源将被看作更重要的资源。将有越来越多的国家重视到，保卫本民族的文化比以往任何时期都更重要。

本民族文化遭到侵略而出现精神沦陷状态，无异于国民灵魂被占领。这是思想领域、文学艺术领域守土有责的意义。再进一步，当今不仅迫切需要保卫自己的文化资源，还需积极汲取世界上的文化资源。

以上不是我直接听来的，是我在这个文化对话会议上意识到的。我们这次参会，被安排住宿在圣彼得堡最繁华的涅瓦大街的五星级酒店，往返机票、市内交通、看芭蕾舞剧演出、参观冬宫博物馆等，一切费用全由俄罗斯研讨会主办方承担。各国来参会的人员都如此。俄罗斯为什么要做这件事？世上有“免费的午餐”？《孙子兵法》说：“知彼知己，百战不殆。”参会者多有各国科学界高端人士、驻外大使、多领域学者等，俄罗斯花钱把多国的高端头脑请来，以了解这些头脑面对当今世界的热点问题主要在想什么，这是很高明的。

这时我还注意到，十五日的演讲大会，会场上坐满了人。那是个设备很好的阶梯剧场，剧场的宽度长于深度，估计约有五百个座位，其中很多是俄罗斯大学生。为什么有俄罗斯大学生参加？

我通过为我做同声传译的加林娜教授了解到，原来俄罗斯在各地开展阅读活动中组织了有关论文比赛，优秀者获得参加这个大会的资格。他们来自俄罗斯各地。在全天的演讲大会中，始终没人退席。由此可见，俄罗斯在如何培养年青一代。这样的培养和熏陶，不是关乎哪一项技术和成绩，而是培养年轻人关心国家、关心世界的情愫。如此培养年青一代，是令人敬畏的。

我不禁想起多年来中国大学校园里盛行的“自我”，而几十年应试教育的实质是自私教育。我不清楚有关只关心自己的意识是如何在中国流行的，谁是幕后推手？其实，美国人的国家意识很强。我看到了，要使一个国家衰弱、败亡，只需设法让这个国家的人们都关心自己，不关心他人和国家就够了。这是比核武器更有杀伤力的武器。

五

十五日晚，大会安排观看芭蕾舞剧（我没有记住这部舞剧叫什么名），地点在马林斯基剧场。这是个很大的剧场，有四层看台。我们注意到四层座位真正是座无虚席，没有一个空位。

整个剧场没有一张宣传剧照，似乎是充分自信，不怕人不知，也不怕没人看。加林娜教授陪我们观看。我们都坐在第六排，都是最好的票。一张票六千卢布，据说相当于人民币一千一百元。加林娜告诉我，他们平时想看芭蕾舞演出也要提前两个月订票才行。我听了暗自惊讶，因为圣彼得堡不是只有这家剧院，而是有八十多个剧院，一百多个剧团。更令人惊叹的是圣彼得堡的艺术欣赏者，如果没有众多的欣赏者，怎么能够有八十多个剧院和一百多个剧团存在呢！

而且，我所见的马林斯基剧场里演出的芭蕾舞，是如此的座无虚席。这里可以见出俄罗斯人的艺术欣赏力和文化力。北京人和上海人的文化艺术修养，如何与之相比？

我还应该介绍一下加林娜。她生长在中国人所称的海参崴。清康熙年间清政府与沙俄签订的《尼布楚条约》中还明确写着海参崴是大清领土。一八六〇年沙俄逼迫清政府签订的《中俄北京条约》，把包括海参崴在内的乌苏里江以东地域割让给俄罗斯了，俄罗斯把海参崴更名为符拉迪沃斯托克，意为镇守东方之城。该城现在是俄罗斯在东亚最重要的城市，俄罗斯海军第二舰队“太平洋舰队”司令部就设在这里。加林娜的父亲是个水手，母亲是教师。她从小在这儿长大的城市里有很多中国人，很多人讲中国话，她的华语就是在这里获得了语言基础。她后来才移居圣彼得堡。

十六日下午，大会安排参观冬宫博物馆，加林娜一直陪同我们参观，给我们当翻译。加林娜并不是职业导游，可是她对冬宫博物馆的各种重要文物，尤其是油画作品如数家珍，件件讲得出该画的来历、特点，以及作者的情况。这令我敬佩！我不知加林娜是一个特例，或者，可以看作圣彼得堡知识分子的一个缩影？

综上，这是我二〇一四年的俄罗斯印象。我首次去俄罗斯是二〇〇五年，相隔近十年今再去，给我的总体印象是：俄罗斯人在发愤图强。这个民族在最近两三百年骤然获得大发展的文化力，真是不敢小看。

二〇一四年六月

中国文化里的人民观

二〇一三年十月出版的《人民观——一个民族的品质》，是王宏甲一部风格独具的文史著作。作者以国史、党史、军史三线交织结撰全书，将中国历史文明和现实政治融为一体。内容上起《尚书》，下至当今，写出“人民观”是治国理政的基石，建立一支胸有人民的干部队伍是二十一世纪实现中国梦的根本。

此书出版后，王宏甲以《中国文化里的人民观》为题，应邀在党政机关、军队院校、党校及干部学院作了数十场演讲。演讲格局雄阔，饱含中国政治智慧。这里编辑的演讲稿近三万字，不可能在一次演讲中全部讲完，所以它比一场演讲的内容更加丰富，可以让读者获得更多启悟。

导言　一个民族的品质

《人民观》这本书有一个副标题：一个民族的品质。这个副标题对于理解本书说的“人民观”，不能忽略。

中国文化传统里有生命力极强的“人民观”，不是我们今天赋予它的，而是中华文化中内在的。数千年来，历经战火与天灾，抑或朝代更迭，中华文化传统中极具伟力的“人民观”，仍然颠扑不破地传承至今，已成为整个中华民族的品质。

当今已有很多人重视阅读了，微信中也有了不少热心读书的群体。我今天讲的分为五个部分，会涉及五部中国经典：《尚书》《易经》《论语》《新民说》和《毛泽东选集》。为什么涉及这五部？最后还会讲一个思考：朱熹为什么作《四书集注》？

中国现存最古老的文献是《尚书》。这部书为什么能流传下来？秦始皇为什么要焚灭它？汉武帝又为什么把它列为五经之首，作为中央太学的教科书，用来培养大汉王朝的栋梁之材？一部《尚书》，自古数不清有多少读书人、多少官员读它、学习它，愈在乱世，愈在权钱霸道、官风世风颓败的年代，它愈显光华。为什么？

《尚书》首篇为《尧典》。尧最为世人所传颂的是将帝位传贤而不传子。他说自己的儿子不肖，如果把政权传给不肖的儿子，天下人就要痛苦了，高兴的只有儿子；如果把政权传给贤能的舜，天下人都会高兴，不高兴的只是儿子。可见尧时代政治的服务对象不是为自己一个家族，而是为全体人民。这里就有“人民观”了。

政治，是关系最广大人民利益的大学问。时至今日，仍然不能因为具体的执政者令人失望而蔑视政治。在中国历史上，“人民观”不仅是政治的灵魂，也是国民的灵魂。它经历了一次次沦丧和承继再造，已成为中国文化里生生不息的伟大传统。不论哪个时期、哪个政体，得与失都离不开“人民观”，失之者衰，得之者繁荣兴旺。

《尚书》里的人民观

《尚书》初名就称《书》，汉代人改称它《尚书》。“尚”通“上”，意为上古之书。书中多有帝王的话，冠以“尚”字，有尊崇之意。《尚书》里讲的多是国家大事，比如行政、司法、军事等要务，所说多牵系民生与天下安危，其中就有凝聚先民理想的人民观了。

赞扬领袖的第一个词是“聪明”

前面说过，《尚书》是中国现存最古老的文献，它的首篇是《尧典》。

《尧典》开篇的字句，此刻就在你的眼前了：

昔在帝尧，聪明文思，光宅天下。将逊于位，让于虞舜。作尧典。

这里出现的赞扬尧的第一个词是“聪明”。开篇四字“昔在帝尧”，说的是从前有个帝尧，不算赞词。这里，“聪明”的含义不是赞扬某人头脑灵、智商高的意思。聪，指听得广远，能融会众人的声音。用今天的话说，就是能听取群众意见。明，指看得高远，能像日月那样普照人间，能洞察昼夜，辨别明暗。总而言之，能听众音，集众智，才能有聪有明。这是对领袖气质的赞誉。

影响及于后世，更以一个“明”字来评价皇帝：好的，称其明君；不好的，叫他昏君。“文思”二字，日后被展衍为“文化”“思想”等重要词语，在《尧典》里是用以赞誉德才的。译为现代文，《尧典》的开篇如诗歌般咏唱道：

从前尧称帝的时候
能广听众人的声音
洞察细微，目光远大
他的道德才智
如日月光辉弥漫天下
他把帝位禅让给舜
史官据此作《尧典》

《尧典》接着写下的经典名句也多如四言诗句式，间有三言、六七言，不拘一格，抑扬顿挫。从内容看，对尧帝的颂扬，不是赞其有多么高的本领，多么大的神通，而是赞其与平常百姓的关系。你看这些话语：

> 克明俊德，以亲九族。九族既睦，平章百姓。百姓昭明，协和万邦。黎民于变时雍。

“俊德”即“美德”。上古，“俊”通“峻”，是从高山峻岭之巍峨雄伟取意而来，将山字旁变作单人旁，“俊”便用来形容人的卓越杰出，所谓俊杰。所以，“克明俊德”是说尧能发扬美德才智，使九族亲密和睦，还能公平地善待百姓人家。

“百姓昭明”的“昭”字，本义是昏暗中出现一抹亮光，即晨曦。它从日、召声，有召唤日光、引导光明之意。这是讲百姓氏族从昏暗的日子里看到了曙光。进而说，尧还协调万邦的和睦关系。这“万邦”泛指一切氏族。

“黎民”二字在《尧典》里就出现了。“黎”从“黍”，黍是远古先民驯化出的一穗聚有很多颗粒的小黄米。黎民指众多人民。“黎民于变时雍”，是说天下众多人民也随着变得友好和睦了。

口碑里的人民性

《尧典》开篇四字“昔在帝尧”告诉我们，《尧典》是后世追记的。后世为什么要追记，凭什么追记？

盖因人间存在不朽的民众记忆。

我们祖先发明的文字，是从刻画字符开始的，以至于我们不清楚究竟是先有文字还是先有碑刻。懂得铸造青铜器后，先人还发明了把文字铸在青铜器上的方法。然而即使用碑刻、用青铜铭铸的文字，也是可以毁掉的。

此外虚假的东西也可以用碑刻，用鼎铸，用文字写进典册。岁月沧桑教会我逐渐懂得，人世间最可靠的也许莫过于口碑。口碑不是用哪种器物制造，是人心所缔造。

看看今日那些贪官，老百姓对他们半句好话都没有。口碑，必得有众多人民口口相传才可能存在，所以它自诞生之日起就具有广泛的人民性。我们今天能手捧《尧典》，盖因先民不朽的记忆。

世上有不朽的东西吗？木可朽，书可焚，碑可毁，铜铸金铭的文字亦可熔化殆尽，唯那感人至深的人间事迹与精神，在历史岁月中成为一个民族共同的记忆——不朽，就是这样诞生的。

尧的时代，已是部落大联盟达至国家形态形成的时期。当代考古在山西省襄汾县陶寺乡发掘出的陶寺都城遗址可以同古史说的“尧都平阳”相印证。所以，尧和他的时代，还是有考古遗存可以印证的。《尧典》讲的“平章百姓”“协和万邦”，正是部落大联盟时期的重大国事。

《尧典》之殊为难得，还在于它很早就把人民性和政府意识融为一体。读进去，我再次看到，政治实在是关系最广大人民利益的大学问。因之，《尚书》里推崇的俊德，追求的和谐，会成为先民不朽的记忆，会被后世史官追记。这样的经典，即使遭焚毁、否定与废弃，那些最初对国家、对政治的期许，依然能够春风吹生，穿越时空，与今人的梦想遥遥相揖。

从“李官”到“理官”

《尚书》是一部充满政治智慧的书。《尚书·虞书》中的《尧典》《舜典》《大禹谟》《皋陶谟》，是可以等量齐观的。

《春秋》称“尧得皋陶，聘为大理”。后世多以“理官”为司法官，所设“大理寺”掌审刑断狱也源出于此。到一九〇六年（清光绪三十二年），清政府还改大理寺为大理院。当代法学界尊称皋陶为中国司法鼻祖。我曾去山西省洪洞县甘亭镇士师村拜谒皋陶庙和皋陶陵，看到在士师村原皋陶祠遗址上，新建起我国首家司法博物馆——华夏司法博物馆。

那时我想起了《汉穆拉比法典》，那是古巴比伦国王汉穆拉比（约前一七九二—前一七五〇年）颁布的法律汇编，它刻在一根黑色玄武岩石柱上，成为保存下来的世界上最早的一部成文法典（现存于巴黎罗浮宫）。我不知皋陶的生卒年（虽然有图书写得很具体，我不知其所据，不敢采信），但我以为皋陶是约公元前二二〇〇年出生的人，应比汉穆拉比在世的年月还要早好几百年。

我的双脚踏上皋陶家乡的土地，迈进几千年香火不断的皋陶庙，我感觉到了自己渺小的心因之温暖，并有荣光闪烁。无论历史曾经怎样破碎，无论社会怎样改朝换代，皋陶的精神事迹都颠扑不破地化入了我们民族不朽的记忆。

从皋陶主持司法，到《汉穆拉比法典》刻于玄武岩，我们依稀可见，自人类建立起聚居的部落，从部落发展到部落大联盟乃至建立起国家以来，如何处理聚居的人群中存在的矛盾、纠纷，就产生了司法，这是人类社会初期就必须有的重要公务。所以，尧时代就很需要皋陶这样的重臣来担任司法官。

中国最早的司法官，史籍中称之“李官”，据说黄帝时期就有了。所谓“李官”，反映的是远古尚无“公堂”，多在黎民聚居处的树下听讼，那时最多的是李树。李树下听讼，便是在村民围观共听的氛围里听讼，这有利于众人监督，还有利于村民在听讼过程中获得教育。李树下听讼，反映了中国上古司法一开始就有广泛的人民性。

“理官”由“李官”演变而来。当“李官”变成“理官”，大约反映官员不在李树下办公，到屋里办公了。大理寺的长官，那是帝王身边的大臣了。具体到皋陶，他辅佐帝王，其作为不仅在于司法，更在于辅政。

皋陶，先夏时期君臣的老师

皋陶是中国司法之父，这没有疑问。然而，即使这么赞誉他，也是不够的。皋陶辅佐了尧舜禹三代帝王，是帝王的老师。不仅如此，他也是千古官员的老师。还可以这样说，在中国历史上的大臣中，他是第一位有姓有名有家乡的大思想家、大政治家。

换一个角度看，伟大的帝王，是善于向贤能者请教的人。有这样的善学品格，那就不只是向皋陶一人学习，那就是一个为后人所传颂的领导者之所以伟大的原因。

推及一般，什么样的人会躬身善学？应该是眼里有世间不平、耳里有民间疾苦、心中有志而为之鞠躬尽力者。所以，躬身善学，非止关系个人得失，而是为政之大德。

以德治国与依法治国的先声

我读《大禹谟》，见舜帝赞扬皋陶在司法上的功劳，皋陶却回答说：

> 帝德罔愆，临下以简，御众以宽；罚弗及嗣，赏延于世。宥过无大，刑故无小；罪疑惟轻，功疑惟重；与其杀不辜，宁失不经；好生之德，洽于民心，兹用不犯于有司。

请对照上面的原文，检验以下的释读。我不得不把《尚书》里的上古文献原文照录出来，因为若不如此，只怕人们以为我的释读是虚构或替古人美化。皋陶在这段话中表达的中心意思，是说这并非他的功劳，而是——

> 舜帝您的德行没有失误，对下级行政简约，对民众宽容大度；惩罚不牵连子孙，奖赏施及后代。对过失犯罪，即使罪大也会宽宥；对故意犯罪，虽罪小也要惩罚。遇罪行轻重难定，从轻发落；遇功劳大小难定，从重奖赏；宁可错放罪人，也不错杀无辜。这种爱惜民命的品德，合于民心，这是人民遵循法制的原因。

我读《尚书》，常惊叹：这是上古时期的人说的吗？

这里的“罪疑”不是现在讲的“疑罪”。“疑罪”是讲不能确定有没有罪。“罪疑”是指已经确定有罪，但在量刑上难以把握轻重，怎么办呢？

皋陶说：罪疑惟轻。就是说，遇到罪行轻重难定，只能从轻，必须从轻！这里面是有对人民的感情的。以人民为亲人，就好比对待自己的兄弟或孩子，就会考虑，万一冤枉了他呢？为避免冤枉，那就从轻吧！如果对人民没感情，就可能取相反的态度。

再看皋陶对舜帝并非赞扬其德高，而是说舜帝没有失误。就是说，一个帝王，只要你没有失误，就是有德，就非常了不起了。

面对舜帝给予他的赞扬，他也不是自谦，而是深知：如果帝王失德，即使有法制，法制也会废弛，那就没有天下安宁了。

今天我们讲“依法治国”“以德治国”，《尚书》里这段“皋陶政治观”是开先河的，而且讲的是“以德治国”和“依法治国”的统一，更视德治比法治重要。因为，前者为国民之灵魂，后者是方法。

所以，我以为读史不光是为着了解过去。不知历史，无以知今日。读一读“皋陶说”，借鉴我国历史上优秀的执政文化，并非历史问题，而是现实问题。

为官九德

皋陶的言论记在《尚书》里，这得益于上古典籍多以对话形式写成，重点是“记言”。《论语》是记言的，《国语》也主要是记言，这都是继承着《尚书》的传统。记言的特点多是记述思想。所谓“谟”，意为谋略。我读《皋陶谟》，看到皋陶讲了为官九德。大禹问：何谓九德？皋陶说：

> 宽而栗，柔而立，愿而恭，乱而敬，扰而毅，直而温，简而廉，刚而塞，强而义。彰厥有常，吉哉！

这九德，每一德仅用三字概括，每一德都饱含哲思和智慧。每字所凝聚的意蕴，千古耐人寻思。通观九德，均包含着对待人民的态度。九德大抵是说：

> 宽容而又严肃谨慎，温和并有主见，真诚坦率而又恭谦，有才华并恪尽职守，兼听而又果断坚毅，正直而又随和，简朴而廉明，刚正而踏实，坚强勇敢而又符合道义。这九德彰显于日常行政，就有吉祥啊！

皋陶接着说，能做到三德，就可以做卿大夫；能做到六德，就可以做诸侯；如果能把九德普遍施行于政治，使有德才的人担任职务，那么官员都是才德出众的人了。

皋陶没讲能做到九德，是不是就可以做帝王，但大禹还是向皋陶请教：一个帝王，最重要的该做到什么？

执政四要

或许因这执政四项要务最为重要，在《皋陶谟》里是写在开篇的。皋陶对大禹说：要谨慎地从修养自身做起，且要持之以恒。还要教导自己的九族亲戚们敦厚诚朴，才会有民间贤明的人来勤勉地辅佐。如此由近而可至久远，在于从自身做起啊！（原文：慎厥身，修思永。惇叙九族，庶明励翼，迩可远，在兹。）

大禹听了不禁拜谢道：说得好！

皋陶说：还要知人，还要安民。

就在上面这段对话里，皋陶对大禹推心置腹地讲了最高执政者的四项要务：修身律己、教育亲属、知人善任、安民。

他讲的前三项，是为了实现第四项——安民。

做到前三项，也才可能实现第四项——安民。

从《大禹谟》《皋陶谟》看，皋陶讲执政所需要的德才，讲司法要有爱惜民命之德，都是为了"洽于民心"。在这里，民心是衡量政治好不好的标尺。在中国现存最古老的文献中，人民观确实已经存在，并且非常有智慧，有烛照千秋的光辉了。皋陶的思想是深远地影响了孔子的。孔子十分敬重皋陶，并把皋陶同尧舜禹并称为"上古四圣"。

我们来对照一下《礼记·大学》里的"修身齐家治国平天下"之说，此句也包含着四项，一是修身律已，二是要教育家属向自己看齐，做到这两项才有可能去做后两项，即治国，并使天下太平。这与皋陶论"修身、教育九族亲属，方能知人善任，治国安民"，是一脉相承的。

再仔细看看，这执政四要，无异于说：做到前两项，才有资格去执政。如果皋陶讲的执政四要，是讲国家最高执政者该做到什么，《大学》里讲的就不一定指国家最高执政者了，这也是一省一市一县的最高领导者应该奉行的要务，唯此才可能领导好众人的事业，关照好众人的利益。

商周时期政治观的嬗变

《易》产生于商周之交，是世界上最早叩问哲学之门的著作。“汤武革命，顺乎天而应乎人。”这句话就出自《易》，讲商汤伐桀与武王灭纣，是顺应天理和人民愿望的。哲学会怎样指导和影响政治，在商周之交体现得尤其充分。

《易经》里的革命思想

《易经》里说“汤武革命，顺乎天而应乎人”。这是中国文化里“革命”一词的来历。这来历里有两个朝代覆灭的教训：“汤”指商汤伐夏桀，“武”指周武王灭商纣，共同特征都是讨伐虐民的暴君。自此，中国文化里“革命”的含义便是：一个帝王执政，若不是护民而是虐民，民就可以披坚执锐去革了帝王的命。

这种革命思想，写在《易经》里，存在于中国社会，存在于读书人的头脑里、文武官员的头脑里，对帝王就是一种监督、一种警告、一种约束。帝王若侵民虐民，帝王就有危险。

商汤伐夏桀的成功，是中国历史上第一次通过讨伐暴君使国家政权发生改变的。凝聚在这个“革命”事件里的思想，是以“如何对待人民”来衡量一个帝王及其政权。这样的思想及其实践，已不是皋陶与尧舜禹之间的对话，而是活生生的改朝换代的事实。

这件事出现在公元前一六〇〇年左右，对中国社会日后产生的影响，远远大于这场战争本身，大于商取代夏的政权更替。这件事使中国社会一直有不能忽视的“民”的观念，直至抽象出“得民心者得天下”这样的千秋共识。

没有继承就没有新事物的诞生

在《孟子》里可以读到：“汤之于伊尹，学焉而后臣之。”伊尹“以尧舜之道要汤……说之以伐夏救民”。类似的说法，也见于司马迁的《史记》。讲伊尹原隐居在郊野，汤听说他很有智慧，三次派人去请他，终于把他请来。这个故事让我想起罗贯中写刘备“三顾茅庐”，大约于此受过启发。有所创造的是：刘备是亲自去请。

商汤把伊尹请来，向伊尹学习，然后拜为大臣。

司马迁说，伊尹给商汤“言素王及九主之事”，意思是给汤讲上古三皇五帝和大禹的故事。《孟子》说，伊尹用尧舜的治国之道去教育汤，劝说他去讨伐夏桀，拯救人民。此说给我们描绘了商汤思想的来源，让我们记住，任何时代，任何人，如果没有继承，就没有新事物的诞生。

商初制《官刑》儆戒百官

商朝初建，制《官刑》。这件事在历史上不大为人注意，但这是一件很大的事。

《尧典》里已有尧时代制典刑，以五种方式处罚的记述。商制《官刑》，有对尧时代刑罚的继承，但强化儆戒约束官员，则是一项重大的政治、法制创新与建设。

夏桀亡政之教训，犹在昨日。夏历四百多年，商汤发动一场伐桀之战就使夏政权迅速灭亡，这件事令商汤、伊尹回想起来也很震撼的。

权力和欲望合伙，对人的侵蚀力、摧毁力是多么巨大。执掌政权而有位者，是有杀身亡命之危险的啊！夏桀就是例证。危险又岂止夏桀一人？用什么办法来防止权力的腐败？约束帝王一人恐怕不够，所以要制《官刑》，以法律来约束全体官员。

开展反“三风十过”教育

商朝建立不久，最高领导人汤去世了，辅佐幼主的重任落在伊尹身上。伊尹是主张制《官刑》的第一大臣，但他同时认识到，仅靠法律惩罚是不够的，更需要教育。于是在商汤去世后的日子里，开展反“三风十过”教育。

《尚书·商书》里有一篇《伊训》，开篇就说商汤去世后，伊尹作《伊训》。商朝新君和百官以及百官的部下，都列队站在先帝商汤的灵前，听伊尹训导。这不是一个走形式的祭奠仪式，这是对帝王和百官进行反巫风、反淫风、反乱风的反“三风十过”教育，这是对帝王和百官进行爱民敬德守法教育。祭奠的本质就是继承遗志，所以，这也是对商汤开创的事业最好的继承。以下是《伊训》中所列“三风十过”——

> 曰：敢有恒舞于宫，酣歌于室，时谓巫风；敢有殉于货色，恒于游畋，时谓淫风；敢有侮圣言，逆忠直，远耆德，比顽童，时谓乱风。惟兹三风十愆，卿士有一于身，家必丧；邦君有一于身，国必亡。

翻译过来，这是说：

> 敢有常在宫室中沉醉于歌舞的，视为巫风；敢有贪财

好色，常游乐打猎的，视为淫风；敢有侮辱圣人教诲，拒绝忠言直谏，疏远德高望重而亲昏嚣顽固的，视为乱风。这三风十过泛滥者，卿士有染上一条于身的，家必丧；国君有染上一条于身的，国必亡。

以上是我的释读。值得特别注意的是，在垂袖敛衽、恭慕端肃地聆听伊尹讲话的众臣百官中，伊尹训导的第一对象是新任的商帝太甲。请仔细看看《伊训》中反“三风十过”这些话，有谁能在宫室中沉醉于歌舞，谁能拒绝忠言直谏呢？这是直接警示帝王的。

为什么要这样做？伊尹深知，一个社会要得到英明的领导者，很难很难！然而这多么重要。这关系万民生息，甚至影响到山川鬼神之安宁，鸟兽鱼鳖之繁衍。这是我们今天在《伊训》中仍能读到的。伊尹选择祭祀这一最隆重的场合，宣布反“三风十过”，更显出他言语中的珍重凛然。他期望由此也营造出百官对帝王、对朝政能予以监督的政风，期望帝王从修养自身做起。这些话语都能令人记起皋陶对上古帝王的忠告，这里的确有连接起上古文明的宝贵传承。所以，可以肯定，商的开国君臣汤和伊尹是有人民观的。他们也为防止后代变坏，为规范百官行为，从制度上、道德上，甚至情感上都投入了呕心沥血的努力。

从政的责任感

《孟子·万章》中有一段“孟子曰”评价到伊尹，开篇先说的是商朝末年的伯夷。文章说，伯夷其人，若不是他认为的明君便不去做官，不是他认为的良民便不去领导。政治清明，他可以做官；政治混乱，他就辞官，不同流合污。接着说伊尹则不论世道好坏，他都可以去从政。并引“伊尹说”，没有什么君王不能侍奉，没有什么人民不能领导。然后孟子说，伯夷是圣贤中清高的人，伊尹是圣贤中有责任感的人。

如此，中国的大臣中，或者说中国富有智慧的知识分子中，便有伊尹这样一个人物：他从政与否，不在于政治的清明还是黑暗，只在于他心中的责任。这种对责任的自觉担当，不在于个人的得失，也不只是为帝王和国家，而是为天下众生。如此，伊尹岂不是三千六百年前，中国历史上一个心中怀有人民利益的标志性人物吗?!

宋以前，《孟子》尚未受到足够重视，是我家乡的朱熹作《四书集注》，将《孟子》与《大学》《中庸》《论语》集为一书并注释，才强化了《孟子》作为经的地位。仅看《孟子》里对伊尹从政之责任感的认取与赞颂，也能看到朱熹将《孟子》汇入四书的意义。

伊尹，商初大政治家和思想家

伊尹是继皋陶之后的又一个大政治家和思想家。他重视法制，重视教育，还提出修德的概念。在他看来，德这个东西，在传承中使用中也是会损坏的，所以要修。用什么去修呢？用善去修。《商书》里有一篇《咸有一德》，伊尹在其中说："德无常师，主善为德。"

再举两例"伊尹说"来看看伊尹的思想。

《伊训》里有一段话："无自广以狭人，匹夫匹妇，不获自尽，民主罔与成厥功。"翻译过来就是说："不要自高自大看不起百姓，民间男女，如果不能各尽其力，君主就无法成就功业。"这话里满满的是对劳动人民及其力量的敬重。

先夏时期皋陶就很重视君臣的修身律己，视为执政第一要务。《伊训》里谈到修身律己，这样说："与人不求备，检身若不及。"翻译过来就是说："对人不求全责备，对己则要经常反省自身。"这里的含意包括，一个领导者对自己要求严格是好的，但对别人要能够宽容。如果对自己严格，对别人也严格到求全责备，那就不好了。这里道出的是修身的原则，也是修德所应遵循的大德。

无论是历史演变，还是伊尹的"修德说"，都令我看到，正直、正义、良知、责任感……人类在漫长的历史岁月中培育出来的优秀品质，在一个社会或一个人身上，都是会沦丧的。我们不能因为它沦丧了，便以为它从未存在。光明也会被黑暗扑灭，美好并不是都能润泽每个人的心灵。无论历史上还是今天，权力、财富和欲望，都会对每一个人构成严峻的挑战。对一个时代的政治而言，沦丧则几乎总是从“人民观”的沦丧开始的。商朝曾有的“人民观”什么时候遗失了？

殷商，发明了商业的伟大朝代

历史上有“殷人讲贫富，周人讲贵贱”之说。为什么有此说？这里包含着什么意思？

先看殷商富不富，汉语中有“殷富”“殷实”之词，一直使用至今，你可以遥想殷商富不富。殷商达到的繁荣，甚至难以用一个“富”字来概括。《尚书》记载商人“肇牵车牛远服贾”。“贾”就是用货贝（币）做买卖的意思。

商人运到远方去卖的东西当然不是西瓜、白菜，那运不远就坏了；也不是陶器，陶器容易在运输中破碎。商人运到远方去卖的是青铜器，不怕日晒雨淋，也打不碎。商朝青铜时代的出现，犹如近代英国机器工业制造的出现。工业与商业结合，英国迅速变成当时世界上最强大的国家。商朝青铜器之鼎盛，也使殷商成为当时最发达的国家。

泱泱大商，还是世界上最早使用金属币的国家，其货币可靠的价值，使商朝内外经商都方便于贸易。商（朝）人从此成为做买卖的代称。他们运去卖的物品被称作商品，做买卖的人被称为商人……这是一个发明和发展了商业的民族和朝代。

这是中国历史上一个伟大的朝代。可是，多么强盛的泱泱大商，被来自西北的“小邦周”灭了。

为什么？

商朝是毁于商纣帝的残暴吗

商纣帝用“炮烙”酷刑，挖他叔父比干的心，这些残暴的恶行，在历史上几乎尽人皆知。许多史书都说商朝毁于商纣帝的残暴。是不是呢？

商朝国力强盛，青铜制造使武器也精良。商纣帝时期对周边方国发动了诸多战争，几乎战无不胜。打胜仗能俘获大量俘虏，俘虏是商朝奴隶的最大来源。商朝的奴隶可以买卖，奴隶是会生产商品的商品。商纣时期不仅贵族群体追逐富裕，影响及于臣民都追富逐利。富者攀比，贵族有人把酒坛、酒窖造得巨大，纣帝则造酒池盛酒。历史上描绘的“酒池肉林”就出现了。

当整个社会都追富逐利，“富”与“贫”就成为那个时代的主流话语，以至历史上出现了“殷人讲贫富”之说，那是个“崇富欺贫”的时代。

从生产力构成方面说，商朝是中国历史上从金石并用转向青铜器兴盛的时代。每当生产力取得重大进步，引起经济社会发生重大迁变，都会产生一个逐利时期，传统道德会遇到严峻挑战。一个国家官风民风均追富逐利、欺贫失德，导致社会严重失衡，这个国家就到了灭亡的前夜。

所以，殷商帝国的灭亡不能仅仅归咎于商纣帝一人的残暴，而且是统治社会的核心价值观丧失了道德精神。

《易》：从神学里蜕变出的哲学

《商颂》唱道："天命玄鸟，降而生商。"从商汤到纣帝，六百年了。在殷商后期，"天命不易"的天命观已占统治地位。这是说殷商乃受天命而统治天下，这是不可改变的。可是偏偏在商纣时期，出现了一部书就叫《易》。

《易》在说什么？"易"含"日"和"月"。易，讲日月，讲阴阳，讲周而复始，讲规律，讲变化。易，就是变。万事万物都在流转变化，世上唯一不变的就是变。把天地间苍生万物生生灭灭无穷无尽的运动中最本质的一个因素抽象出来，用一个字去概括，名之曰"易"，这实在是极精粹的思想了。

《易》是算卦的书吗？

《易》在告诉人们，吉可以变凶，凶也可以变吉。既然吉凶可以互变，那么凶也是有用的，吉也是需要警惕的，世上还有什么没用的东西呢！最重要的并不是凶或者吉，而是你怎样去对待凶与吉。《易》闪烁出哲学的光芒了。

人类的哲学都曾经从神学里汲取营养蜕变而来。最初的《易》是殷人的创造，后来变成《周易》，这活生生反映了周人的吸收和再创造。西方人认为古希腊第一个哲学家是泰勒斯，约生于公元前六二四年。原始的《易》产生于公元前十二世纪，《易》是人类第一部叩问哲学之门的著作。

整部《易》都在说“变”。乾坤二卦所代表的“天”与“地”，都服从于“变”这个法则。天与鬼神也降到了从属地位，统治世界的是“变”的规律，而不是哪个君王或上帝。

春夏秋冬，草枯草荣，无时无刻不在变化。这都是“天”让他们变的。“变”，才是“天意”。既然如此，殷商的“天命不易”就靠不住了。如此，哲学要来指导政治了。

周兴的根本：民心高于天命

周取代了商。看来靠“天命”统治社会是靠不住的。那么靠什么呢？周公说，殷失天下是因为失德，民与之离心离德，所以“天降丧于殷”；周取代殷是因为与民同心同德。这就把“民心”抬到比“天命”还高的地位。

如何衡量君王有没有德？周公教导年幼的成王，君王主持的政治有没有德，从“民情大可见”。这种以“民情”来衡量君德的政治观，与一千多年前皋陶说的“洽于民心”一脉相承；与六百年前伊尹说的“上天难信，天命无常。常修德，可拥有九州人民”一脉相承。

至此，尧舜禹时代乃至商代也曾有的人民观被西周王朝的统治者继承下来，并有重大发展。

礼乐制度：塑造德的途径

甲骨文里有“悳”字，被释读为“德”，表示直心为德。后来加上双人旁，讲人与人之间要以正直之心相待，不能害人。这不能害人，是人与人关系的底线。若害人，损人利己，就掉到底线下面去了，那就叫缺德。

周公试图建设一个有德的社会，用什么办法呢？

通过政治去创建礼乐制度。

何谓礼乐？

周公主持制定的完整的周礼体系，将殷商和周族的宗教、政体与传统相融合，是周代完备的政典，并在礼制实行中形成一系列法规，其作用相当于今天的宪法、行政法和民法等法典，并规范了人们的伦理法则。

周公以相同的融合思想制定的雅乐体系同样恢宏，比如雅乐的主要形式包括六代乐舞，即黄帝、唐尧、虞舜、夏禹、商汤、周武王时代留下的最高规格的乐舞，此外还有展示各种优美舞姿的新创作的乐舞，还有诗乐。雅乐需要乐器，大型编钟、编磬以及其他各种乐器的出现，使西周的高雅音乐达至相当辉煌的程度。

周代还派出采诗官员将民间口头传唱的歌谣采集起来，并倡导创作。诗，分风、雅、颂。风就是从民间采集来的土风歌谣。至今，作家到民间去采访，仍然称“采风”。雅和颂是创作的作品。周代的诗是入曲歌唱的，所以称诗歌。凡诗、音乐、舞蹈等陶冶精神的都属于乐的范畴。

礼，是管秩序的，用来规范人的行为。

乐，是管精神的，用来陶冶人的心灵。

礼和乐，就是塑造德的方法。中国文化把礼乐并称，盖因周公在西周创立了礼乐制度。

君子的概念产生，正是倡导德治结出的果实。所谓君子，不一定是读过书的人，即使你是一个民间的穷小子，没上过学，只要你不偷、不抢、不懒惰，便可以在“小子”前面冠以一个“君”字，称“君子”。反之，即使很富，但灵魂是趴在地上的，干可耻的事，那也是下贱的。如此，富贫反映的是外在钱财的多寡，贵贱反映人内在精神（人格）的高下。所以，历史上有“殷人讲贫富，周人讲贵贱”之说，反映殷商末年和周初不同的价值观。

周公：西周伟大的政治家

历史上有周公夜读的记载。从《周书》周公的言论中可以看到不少《商书》里闪烁的思想。可以说，三千年前西北的天空下，如果没有周公的阅读，便不会有周公。

所谓“制度”，就是制定出可供大家遵守的行为规范、生活准则，并用法律和政令去保证它的施行。周公是中国自古以来第一个面对君王、群臣和全体人民，大规模地制定可供周朝各民族共同遵循的行为规范、生活准则的政治家。

西周制定的一整套完备的礼乐体系和制度，把自黄帝以来的中华政治与文化发展到了顶峰，形成了青铜时代恢宏的中华古典文明。

周公承先贤创建的礼乐制度，远接上古四圣，后启千秋贤哲。其德治，其王道，塑造了中国文明史上不朽的丰碑。今日视之，仍巍然犹见乾坤。

今人常说一个社会好不好是制度问题。周公是重视制度建设的，但他最了不起的更在于：他试图建设的不只是一个制度，而是一个社会，一个试图从人心内部建设起来的讲礼仪、重文化、崇尚艺术的社会。

周公在三千多年前不信“天命”、倡行“德治”的思想，以及他的政治观记载在《周书》《周礼》中，对中国人在公元前的思想进步和后代政治的影响极为深远。这个伟大的灵魂是应该被中国人永远尊重的。

《周礼》展示了一整套国家制度规范，立意为千秋万代弘正义，立法则。古人笃信《周礼》出自周公，溯其源，周公以德治为主、以刑法为辅的政治思想，是远承着皋陶和伊尹的，因周公的继承和发扬而光大。《周礼》因融会了先哲的智慧而体大思精，其严密细致，相互制约，以及所体现的运筹智慧，来自周公的博采兼容思想，大致无错。中国文化通称的礼，有《周礼》《仪礼》《礼记》，合称“三礼”。

中国政治在千余年间走过三大步

归纳一下，距今三四千年前，中国政治在千余年间走过了三大步。

一是尧舜禅让重帝王德才。

二是商初制《官刑》以儆戒百官。

三是西周挺进到人民的精神建设。

这三件都是政治所做的事。那一千多年间，在中国政治领域发生的事，恐怕没有比这更有创新意义的事了。这千秋历史告诉我们，中国历史上不是没有黑暗，也不是没有暴政强权，贵在始终有铲除黑暗追求光明的努力。

如果比较一下，面对四千年前那场曾经殃及世界许多地区的大洪水，不同的民族讲述的故事，就会看到有着怎样不同的文化积淀。中国《大禹治水》的故事，依靠的是人民的力量；《旧约》中《挪亚方舟》的故事，讲的是上帝的力量。

还会看到，距今三千多年前，整个欧洲都还匍匐在神的脚下。

中国西周的政治已经确认靠“君权神授”的天命观统治社会靠不住，与民同心同德才是比较可靠的。

王道意识产生

我曾在巴黎狄德罗大学孔子学院讲过孔子，我在向法国朋友介绍我自己时曾骄傲地告诉他们，我姓王。我的姓来自世界上最早的叩问哲学之门的著作《易》，来自《易》描绘的八卦的基本元素，上面一横代表天，下面一横代表地，中间一横代表人，能把天地人贯通者就是王。

中国称“王朝”是从西周开始的。我们现在常说的“商纣王”，这个说法其实不准确，因为殷商帝国的君主从来没有称过自己是“王”，而是称“帝”。之前，夏政权的最高领导者称“后”。周政权的最高领导者才称“王”，周文王、周武王、周成王，等等。

周朝以“王”字来称最高统治者，表明自己认取的天地大法要以人民为中心，缺了中间这一横所代表的人民，也就缺了协和万邦的意蕴，是不可以为君王的。

“帝”不含这个意思，帝的含义是唯我独尊。

王，所代表的治理社会的思想即“王道”。

帝，所代表的统治社会的思想即“霸道”。

周代始称“王”，是他们的政治思想中有了王道意识才作出的重大选择，并由于西周建国以来的推行，从而使中国文化中有了王道意识。从此，千古把“王道”称为以仁义统治天下的大道。

三千年来，霸道与王道，在中国历史上一直存在。霸道为中国文化所鞭笞，王道则被推崇。此种是以维护人民利益为重的政治观、人民观，始终是中国文化里的正统思想。

三千年前世界上最发达的国家

距今三千多年前，古希腊还没有文字。此前的迈锡尼文明已经湮灭在历史深处。《荷马史诗》要等到公元前八世纪才由希腊文写成。青铜时代的印度河文明在公元前一七五〇年左右消失了。古巴比伦约在公元前一五九五年被赫梯人所灭。古埃及约在公元前十一世纪后长期沦为被一个又一个外族统治，辉煌不再。古罗马帝国要到商朝结束后再过三百年，他们的先人才在台伯河畔开始建罗马城（前七五四—前七五三年）。中国商朝存在于公元前十六世纪到公元前十一世纪，周朝继之而起。商周都是三千年前世界上最发达的国家。

五百多年后，随着铁器时代出现，经济社会再次发生重大变迁，又一个逐利时期出现，“礼崩乐坏”。看起来到处都是弱肉强食，上古文明如同在春秋战火中灰飞烟灭，人民如草芥，没有哪个政权会认为人民有什么重要了……这一次，靠什么把我们祖先的人民观找回来呢？

春秋战国时期的人民观

《论语》，是东方伟大的记言书。中国古代按四部分类法划分的著作为“经史子集”，经居领导地位。经，主要是以思想著称的书，并主要通过记言体现思想。其思想的特点是以善为核心，值得念念不忘，所以称经典。《论语》是中国第一部语录体文集。《孟子》讲“民为贵，社稷次之，君为轻”，更高扬着鲜明的人民观。

一个与庶民相接的阶层

讲到这里，还需要追溯一下周公时期。

“一沐三握发，一饭三吐哺”是周公“求贤若渴”的故事。但仅靠如此“求贤”是不够的，要建立选人、用人，乃至造就人才的制度。于是西周创造的选士制度包括三条途径：一是乡里选举，二是诸侯贡士，三是学校造士。所谓“学而居位曰士”，讲的是学好知识并得到一个社会位置就叫士。

“学而优则仕”，在当代曾被猛烈批判。其实，它的前半句是“仕而优则学”，意在劝勉不学而世袭做官者，讲：官要做得好，是要有学识的。后半句激励平民子弟，意思是：学习而有德才，可以入仕。这是劝学励志的话，出自《论语》。

西周的士便形成一个阶层，分上士、中士、下士。下士的地位与庶人相接，在经济上可得到一定数量的“食田”。按孟子的说法，下士的禄，可供养五口人。这个与庶民相接的阶层，最为重要！

把先贤的良知继承下来的保障

当春秋战火把西周建立的政治制度打碎，许多士失去了从前的位和禄，甚至连所属的诸侯国也被灭了，但西周培养的士还在。

当诸侯争战使任何一国都有灭亡的危险时，这迫使统治者不得不广招人才，礼贤下士。士，便在这个时期奔走于各国。出类拔萃者可成为中士、上士，乃至博士。战国末年，秦国拥有的博士最多。

这是个“士无定主”与“择君而仕”的时期。

这是个“礼贤下士”与“择君而仕”双向选择的时期。

正是这个时期涌现出中国历史上最为丰沛的人才群体。即使帝王昏庸或灭国，这个读书群体人数众多，他们是把先贤的良知继承下来的保障。孔子就是杰出代表。

孟子说的“民为贵，社稷次之，君为轻”，更明确地把人民的地位放在高于社稷和君王的地位。孟子的这一思想，是惊世骇俗的。

再看诸子，大部分是来自民间的小子，通过读书汲取学识而成为高士。可以说，没有阅读就没有诸子百家。没有一个与庶民相接的士阶层的形成，也没有诸子百家。

万里长城为什么要这么长

西方有许多城堡。战争中，人数众多的平民难以都进入城堡。世界上只有中国修万里长城。从修建之日起，中国长城就是军事防御工程，不是为着进攻，而是为了防守。中国文化里也一直有戍边守土的意识。

万里长城为什么要这么长？是因它企图保护墙内所有庄稼和生灵的安全。一头猪，一棵菜，一个普普通通的孩子或妇女，都是重要的，不能让侵略者抢去。

万里长城为什么要这么长？

它身后的土地和人民要求它这么长！

就这逶迤万里的东方老墙，也分明凝聚着人民观。

中华民族，为什么是世界上唯一的文明从未中断的发展至今的民族？

每当天下大乱、王朝覆灭，民族危亡、锦绣成灰，总有诸多读书人以拯危起衰、兴灭继绝为己任，其特征都是胸怀天下，心有黎民。为什么会这样？盖因中国文化里有历史悠久的人民观。承载它、传播它的中国读书人，从孔孟到康梁，千古一脉相承。

梁启超的《新民说》

梁启超的《新民说》，在中国文化史上有这么重要吗？近代中国遭遇“三千年未有之变局”，这“三千年”大抵从春秋初铁耕出现算起。这是中国悠久的农业文明遇到西方工业文明严峻挑战的年代。林则徐疾呼以敌为师学先进技术。郑观应疾呼向西方学“商战”。康梁等说服光绪帝变法。变法失败，梁启超才看到救中国最伟大的力量，不在腐败的清廷，也不在西方利器，就在中国人民身上。但必须得是觉醒、觉悟的新民，由此写出影响了中国二十世纪的《新民说》。

肝胆两昆仑

一八九八年戊戌变法失败后，谭嗣同能出走而不走，以一句“不有行者，无以图将来。不有死者，无以酬圣主”与梁启超诀别。但真正使梁启超无法再劝其出走的是谭嗣同说出的：程婴杵臼，吾与足下分任之。

这句话里有一个感动千秋的赵氏孤儿的故事。此刻，谭嗣同把灾难深重的祖国比作随时都可能被凶恶势力扼杀的孤儿，决心与梁启超分别担任程婴与杵臼，以救孤。这个故事凝聚着极悲壮的千秋力量，使梁启超无法不接受谭嗣同的选择。

基于谭嗣同要梁启超出走，以肩负唤醒民族图将来的重任，后人把谭嗣同那话改为："不有行者，无以图将来。不有死者，无以召后起。"

此后，谭嗣同临刑时写下："我自横刀向天笑，去留肝胆两昆仑。"这是他最后一次留给梁启超的声音。

他在说，清廷怎么能杀我呢，是我自己引刀就义！

他在说，我的任务已经完成了。启超，留是昆仑，去也是昆仑，别忘了你的任务！

《少年中国说》唤起一代青年

"不有行者，无以图将来。"谭嗣同要梁启超去做这件"图将来"的事。中国有四万万同胞，那"将来"不是梁启超个人的将来，他为什么要去图？如果不是悠久的中国文化孕育了这样的中国人，我们能怎样解释？

一八九八年，梁启超只有二十五岁。这样的故事，不知当代中国青年还有多少人相信。

“图将来！”怎么图？“将来”在哪里？

此时，梁启超是朝廷要捉拿的钦犯，是朝廷的敌人。可是他很难反朝廷，因为戊戌变法的最高领导者是光绪皇帝，这让他怎么反朝廷？梁启超的心里是痛苦而挣扎的。他曾经自号“哀时客”，那就是他内心痛苦甚至悲观的反映。

但是，一九〇〇年二月十日，他的《少年中国说》问世，标志着一个新的梁启超诞生。我看到，历经戊戌变法的梁启超从血火中爬出来了，以《少年中国说》向过去告别，向老去的大清朝廷告别，以激情澎湃、气势磅礴的语言，声声呼唤一个朝气蓬勃的“少年中国”诞生。

梁启超是近代中国第一个把朝廷和祖国区分开来的人。区分出朝廷乃爱新觉罗姓一家之把持，国家乃四万万人民之天地，梁启超才豁然开朗。纵然国家危机四伏，满目疮痍，但他看到了朽败与生机并存，这生机便是我们有众多少年！

梁启超写道：创建将来之少年中国的，是中国少年一代的责任。那些老朽者，与这个世界作别的日子不远了，而我们少年新来与世界结缘。我们少年人，前程浩浩。中国人如果沦为牛马奴隶，那么烹烧宰割鞭打的残酷命运，只有我们少年承受。那些将死者如果漠然置之，还可以说得过去。如果我们漠然置之，就说不过去了。如果举国之少年果真成为朝气蓬勃的少年，则中国未来之进步不可估量！假使举国之少年也变成朽败的人，则中国的灭亡就跷足可待了。所以今天之责任，不在他人，全在我少年。

这里讲的责任，已不是孟子讲伊尹勇于担当的责任，换句话说，不是哪个君王与大臣的责任，而是展衍到每一个中国少年的责任。接着，梁启超以黄河之水天上来，大江东去之势，滔滔写下那段在二十世纪激励过无数中国人的文字：

> 少年智则国智，少年富则国富；少年强则国强，少年独立则国独立；少年自由则国自由，少年进步则国进步；少年胜于欧洲则国胜于欧洲，少年雄于地球则国雄于地球。红日初升，其道大光。河出伏流，一泻汪洋。潜龙腾渊，鳞爪飞扬。乳虎啸谷，百兽震惶。鹰隼试翼，风尘翕张。奇花初胎，矞矞皇皇。干将发硎，有作其芒。天戴其苍，地履其黄。纵有千古，横有八荒。前途似海，来日方长。美哉我少年中国，与天不老！壮哉我中国少年，与国无疆！

"少年"一词，在中国古代是我们今天所称的"青年"的含义，如"自古英雄出少年""少年心事当拏云"。梁启超作《少年中国说》所称的"少年"，即青年。一九〇二年，南洋公学青年学生就组织了少年中国之革命军。后有李大钊发起少年中国学会，"以创造少年中国为宗旨"。南京、上海、成都，乃至在巴黎的中国留学生中，也纷纷成立了少年中国学会分会，相继创办《少年中国》《少年世界》《少年社会》等期刊，读者遍及于全国。

《少年中国说》唤起了无数中国青年。毛泽东青年时写下“恰同学少年，风华正茂”，依然受着《少年中国说》的激励。

《新民说》悠久的中国文化根基

写出《少年中国说》后，再走一步，梁启超就写出了《新民说》。这时梁启超看到，救中国不仅要靠青年，还要靠全体人民。

《新民说》从一九〇二年二月八日开始，就在梁启超主编的《新民丛报》上连载，全文总共十一万字。文章阐述救中国的伟大力量，不在清廷，也不在西方的利器中，就在新的人民身上。

“新民”一词，可远溯到孔子的学生曾参写的《大学》，开篇就说：“大学之道，在明明德，在亲民，在止于至善。”此句中的“亲民”，“亲”字读“新”，也就是造就新民的意思。这三句话即孔子思想的宗旨和纲领，正所谓开宗明义：大学的任务在于弘扬光明的道德；在于把自然人教育成有良知、有才华的新人；在于知道天地间最高的道德、最高的智慧，就是善。

之所以这样强调，因在“礼崩乐坏”的年代，追财富、讲权谋、讲实力，都被认为是真的实用的，讲善、讲仁义道德则被认为是虚假的。《大学》因此要阐明正义：天地间应当学习的最大道理、最高境界是善，而不是真。

由此再上溯五百年，还可以在《周书·康诰》中读到周公发明的一个新词就叫“新民”。其含义正是：面对殷商统治曾使官风民风皆变坏了的社会，周公致力于德治，以造就新的人民。

梁启超处在中国社会从古代向现代变迁的转折时期，处在中国遭遇西方疾风暴雨般猛烈冲击的年代，所作《新民说》，依然牢固地建筑在中国文化的远年根基上，立显巍然伟力。请留意，这个伟力的核心是坚信正义可以战胜邪恶。

陈独秀读了《少年中国说》《新民说》，深受影响，创办《新青年》。在二十世纪的早晨，没受过梁启超《新民说》影响的中国知识分子和进步人士几乎是没有的。论意义，论重要性，我认为，在中国从古代社会向现代社会变迁的转折点上，没有比《新民说》中所阐述的更重要的思想了。这是影响了孙中山，也影响了毛泽东的重要思想，是对中国传承千古的人民观的重要继承。

毛泽东：人民观的集大成者

二十世纪的中国犹如一座沸腾的熔炉，中华民族在饱受屈辱和苦难中，在历经侵略和屠杀中，在英勇不屈的抗争中，获得再生。出现在中国二十世纪最伟大的经典就是《毛泽东选集》。历史上对人类作出特别巨大贡献的人物，往往在去世之后，人们才日益清晰地认识到他的贡献。毛泽东就是这样的人。《毛泽东选集》是毛泽东留给我们的巨大财富，怎样才能读见它蕴含的大智慧，也许不比读《尚书》容易。

一个为中国前途去博读世界的青年

一九一五年毛泽东二十二岁，自订了一个自修计划——每天到湖南省立图书馆去看书，认真执行，如此半年。其情形犹如自己给自己办了一所大学。以下是毛泽东自述，见于美国记者斯诺的《西行漫记》。

> 在这段自修期间，我读了许多的书，学习了世界地理和世界历史。我在那里第一次看到一幅世界地图，怀着很大的兴趣研究了它。我读了亚当·斯密的《原富》，达尔文的《物种起源》和约翰·穆勒的一部关于伦理学的书。我读了卢梭的著作，斯宾塞的《逻辑》和孟德斯鸠写的一本关于法律的书。我在认真研读俄、美、英、法等国历史地理的同时，也阅读诗歌、小说和古希腊的故事。

如此广读博览，得到的已不是哪些书对毛泽东的影响。博读可以得到他人的知识，善于思索才产生自己的识见、自己的思想。毛泽东的思想，更宝贵于他不是为自己思索，是为中国人民的命运思索，为中华民族的前途思索。

历史等待着毛泽东看见农民

一九一〇年，十七岁的毛泽东读到《新民说》，一九一八年组织的一个青年团体就叫“新民学会”。一九一九年夏天，毛泽东写出《民众的大联合》。同年冬，他读到《共产党宣言》。在这里，毛泽东读到了“全世界无产者联合起来！”马克思和恩格斯的胸怀与世界观，令毛泽东震撼。

毛泽东的可贵不仅在于他善于学习、思辨、吸收，更在于他立足中国土地上的调查研究和独立思考。

工业时代到来的时候，农民被世界潮流认为是最落后的群体，农村也被认为是落后的地方。中国是个农业社会，怎么认识我们自己这辽阔的土地？历史在等待着毛泽东看见农民。

一九一九年，五四运动没有农民的声音。

一九二一年，中国共产党成立时没有一个农民党员。

一九二二年，中共二大还没有发展一个农民党员。

一九二三年“二七大罢工”，全线所有客货车一律停开，长达千余公里的京汉线立即陷于瘫痪。代表着外国资本利益的各国驻北京公使团紧急召开会议，随即向北京政府提出严重警告，要求解决问题。军阀吴佩孚调动两万多荷枪实弹的军警，实施镇压，制造了震惊中外的“二七惨案”。

中国共产党成立时只有五十多人，在此后不到两年时间里发起大小罢工一百多次，已经体现出共产党的组织力量和工人阶级渴求解放的强烈愿望。但在一九二三年的“二七大罢工”惨遭镇压后，血的事实告诉共产党人，救中国单靠发动工人运动是不够的。这时的中国共产党已在寻找联合力量，但还没有发现农民的力量。一九二三年六月中共三大召开，会议讨论了与孙中山领导的国民党合作的问题。

一九二四年初春，在国共合作中，孙中山领导的国民政府成立了农民部，担任国民政府新设农业部部长的是中共党员澎湃。同年七月，澎湃在广州成立农民运动讲习所。八月，毛泽东在农民运动讲习所讲了第一课。

一九二五年一月中共第四次党代会提出工农联盟。同年夏天，毛泽东在湖南发动了一个“把农村组织起来的运动”。

马克思主义使毛泽东懂得了从经济基础去认识这个世界，这个成果清晰地体现在他一九二六年九月写的《国民革命与农民运动》一文中。

毛泽东写道，从国民经济上分析：“财政上军阀政府每年几万万元的消耗，百分之九十都是直接间接从地主阶级驯制下之农民身上括得来。”按此结论，只有发动农民革命，才会使军阀和帝国主义统治中国的大厦从基础上倒塌。

从一九二四年八月毛泽东在广州农民运动讲习所讲第一课，到一九二七年三月写出《湖南农民运动考察报告》，我以为这是毛泽东一生中收获最大的三年。此后不论遇到多么大的困境，毛泽东都胸有必胜的信心，就是因为他看到了人民的力量。

具体说，毛泽东看到被世界潮流认为最落后的农民群体，其实是拯救中国最大的力量。这不仅因为他看到了农民是中国人民的绝大多数，还看到中华文化所孕育的人民的品质，是崇德、善良、勤劳、勇敢和捍卫正义的。

资本主义国家为什么不支持孙中山

一八九四年，孙中山在美国檀香山成立“兴中会”，宗旨是“驱除鞑虏，恢复中华，创立合众政府”。这里的“合众政府”，显露出受“美利坚合众国”国名影响的痕迹。孙中山建立的国民党是“资产阶级革命政党”，与英美资本主义信奉的“主义”相近。可是，英美等资本主义国家为什么不支持孙中山？

资本主义国家先是与清政府建立和好关系，清亡后与北洋政府结好，都是因为他们要同中国统治者“搞好关系”，才能得到在华利益。孙中山虽与西方资本主义国家的“主义”相近，但他早期反清，后来反北洋政府，西方国家的资本势力就不能支持孙中山了。资本主义不是慈善主义，只认能从谁那里得到利益就与谁结成关系，这就是资本主义的本质。

一九一八年孙中山领导“护法运动”失败。一九一七年列宁领导的“十月革命”成功。此后苏联共产党联系中国国共两党，促国共合作。孙中山选择了“联俄联共”。一九二四年一月国民党一大召开，接受共产党人以个人身份加入国民党。一九二六年北伐战争开始，这是国共合作的轰轰烈烈的大革命时期。

国共两党走向不同的道路

北伐战争打到长江边，震撼了上海租界内的西方资本主义财团。三大军阀势力已经被打垮两支，北洋政府大势已去。西方势力需要判断未来的中国统治者是谁，以便与之结合，才能继续获得在华利益。

西方选中了蒋介石。蒋介石怎么筹谋？

蒋介石抓住了看起来最有势力的四支力量：1. 欧美等资本主义国家势力；2. 以江浙财阀为代表的本国资本势力；3. 青洪帮黑社会势力；4. 作为北伐军总司令，抓住了北伐军大部。

蒋介石抓住这四支力量，发动四一二反革命政变，一夜之间成为“中华民国”领袖。

何以称之发动四一二反革命政变？蒋介石此时不是国民党的最高领导人，也不是国民政府的最高领导人，只是北伐军总司令，利用军队突然发动政变。四月十七日，国民党中央宣布开除蒋介石党籍。十八日，蒋介石宣布成立南京国民政府。此时的“中华民国”有三个国民政府：一是张作霖的北洋政府，二是从广州搬迁到武汉的国民政府，三就是蒋介石又宣布成立一个南京国民政府。接着，宋庆龄、邓演达、恽代英、毛泽东等发表《讨蒋通电》，痛斥蒋介石背叛孙中山“联俄联共”的大政方针。共产党发表揭露蒋介石的宣言，指出蒋介石成为新军阀。七月，武汉国民党也开始“清党”，国共合作破裂。

南昌位于南京与武汉的中间，身在北伐军中的周恩来、朱德等抓住时机发动八一南昌起义。

此时的毛泽东两手空空，只是胸有农民，于是发动秋收起义，带队伍上井冈山。值得一说的是，此时的毛泽东胸有农民，中国农民并不知道有个毛泽东。而且，中国农民是一家一户分散在广袤农村的一盘散沙般的农民，需要去组织起来才有力量。毛泽东坚信，这就是可以救中国的唯一道路。为什么？答案就是毛泽东看到了人民的力量。

就这样，一九二七年，以毛泽东为代表的中国共产党同蒋介石的国民党走向了不同的道路。

一九二七年留给毛泽东的深刻记忆还在于，昨天，共产党人与蒋介石还在同一个战壕，共同北伐，转眼间蒋介石背叛联俄联共扶助农工，走向与资本主义势力联合的道路。在中国，有钱有势的人，要走向资本主义是很容易的；要走扶助贫弱，通往共同富裕的社会主义道路，是很难的。但这是毛泽东缔造的共产党的选择，是信仰，是非常艰难的担当，一定会一次又一次经历巨大的挑战。

创建一支前所未有的人民军队

一九二七年九月二十九日至十月三日，毛泽东率领秋收起义部队在三湾村进行改编。毛泽东提出支部建在连上。在三湾发展了六个士兵党员，其中一人即一九五五年被授予上将军衔的陈士榘。据他回忆，当年他们六人被领到一个小楼上参加入党宣誓。誓词如下：

> 牺牲个人，努力革命，阶级斗争，服从组织，严守秘密，永不叛党！

这誓词让我想起了周公时期倡导德治。德的含义是人与人之间要以正直之心相待，不能害人，害人就是缺德，就掉到德的底线下了。那么，不能害人是德的底线。德还有高线，像雷锋那样做好事帮助他人，那叫高尚的道德。二十世纪前期的中国，处在民族危亡的历史关头，仅靠德的底线已无法挽救这个国家，而是需要一大批人能够牺牲自己去为救国而奋斗。这一批人就是共产党人，他们的誓词就写在这里。

三湾改编有三大举措：支部建在连上，这不仅仅是保证党对军队的领导，还在于要以党员的模范作用影响新兵；连队建士兵委员会民主制度，以破除军阀习气，建立新型官兵关系，实行官兵平等；确定三大纪律，以确保军民关系。三大举措都指向建立一支人民军队。

还有，对俘虏的国民党兵说清楚：愿回家的，发路费给你回家。愿意留下的，红军没有军饷，因为当红军是为你自己的解放打仗，为天下穷苦人的解放打仗。如此建军，就不只是建立一支武装对抗国民党军，而是要建一支有理想的为人民利益而奋斗的人民军队。

最大的任务是去组织人民

井冈山在白色政权的包围中，红旗能打多久？林彪曾问毛泽东。这当然不只是林彪一个人的忧虑。毛泽东写了《中国的红色政权为什么能够存在》《井冈山的斗争》等文章回答了这些问题。

我读毛泽东的文章，理解如下：红色政权在白色政权的包围中为什么能够存在？不因山势险要，而是因湘赣有经过工农运动的人民。如果只凭险要割据，就成水浒了，如果没有发展壮大，最终是不能存在的。由于毛泽东认定，救中国的伟大力量就在中国人民身上，所以红军的任务不光是打仗。红军有三大任务：战斗队、宣传队、工作队。

宣传队和工作队的任务更为重大，必须去发动群众，扩大苏区，才有革命的前途。所以，游击战的精髓不只是那四句十六个字，更重要的是“集中以打击敌人，分兵以发动群众”。千古说的“养兵千日，用兵一时”，这句话不适用于红军。红军一直在工作。所有这些，都使红军官兵得到前所未有的锻炼。全部目标都指向建设一个新中国。

我还由此看到，不管中国革命的道路多么艰难曲折，但在毛泽东胸中，政治路线确定之后，要做的事并不复杂；不论党和军队有多少部门，如政治部、组织部、宣传部、干部部、共青团、妇联等，所做的中心工作只有一项，就是把人民组织起来，武装起来。做好这项工作，就一定能赶走帝国主义，打败蒋介石，建立新中国。

大智慧：到敌人后方去

抗战中，国民党军队主要打阵地战，以深沟高垒的防御工事同日军展开阵地战，许多战事打得极为惨烈，付出巨大牺牲。阵地被日军天上地下的联合进攻一次次摧毁，一片片国土随之沦陷。日军继续进犯，国军继续以阵地战迎战，仍失败，又沦陷。在一次次的抵抗和失败中，国军从高级将领到士兵都付出了巨大牺牲，许多官兵战死疆场极其壮烈。国军以阵地战抵抗日军的打法，人们称之"正面战场"。国军的武器装备比八路军强得多。因此有人说，假如换上八路军在正面战场抵抗，"小米加步枪"，恐怕更经不起打。

这种说法对不对呢？

如果八路军以阵地战抵抗日军，也必定会在日军天上地下强大的炮火攻击下付出巨大牺牲，阵地也会失守。就像红军第五次反围剿时，与武器优良的国民党军打阵地战，结果就无法避免大量官兵被炮火屠杀。现在国民党军面对军事装备更强的日军，把兵力集中于狭小的阵地抵抗，无异于把官兵集中起来被屠杀。毛泽东对如此用兵的错误一目了然。所以毛泽东批评国民党军事当局：把阵地战放在主要地位是错误的。

毛泽东因此阐述了战争的基本原则是——保存自己，消灭敌人。

抗战初期，共产党党内和党外都有许多人轻视游击战争的作用。来自南方的红军官兵看到北方的平原，不见南方的丛林，也不知这游击战该怎么打了。这就需要纠正一个错觉。井冈山游击战争得以发明，并不因为有树林，而是因为有人民。中央苏区能以运动战、游击战打败国民党军四次围剿，也不因为那里是山区，而是因为那里是人民苏区。

一九三八年五月，毛泽东为此专门写了《抗日游击战争的战略问题》。毛泽东指出，在日寇占领区——日军据守的城外的乡村，可建许多根据地。我军可大量转入敌后，发动群众，“依托一切敌人未占区域，配合民众武装，向敌人占领地作广泛的和猛烈的游击战争，并尽可能地调动敌人于运动战中消灭之”。

毛泽东说，这么做可使日军在占领地实际只能保守三分之一左右的区域，三分之二左右仍然是我们的。随着我军发动人民，武装人民的深入，敌我力量对比将发生变化，日军最终就陷在中国军民的包围之中。

他说这样的游击战争，在整个人类的战争史上都是新鲜的事情。所以，“到敌人后方去”，是蕴藏着大智慧的。

毛泽东还这样写下：“我们的敌人大概还在那里做元朝灭宋、清朝灭明、英占北美和印度、拉丁系国家占中南美等等的好梦。”

游击队可能突然就把他们的梦惊醒了。

人民战争

“人民战争”的概念，是毛泽东发明的。

靠人民军队去发动人民、武装人民。他告诉广大官兵：不论多么困难，开展人民战争，人民必胜！这是在思想上把中国人民武装起来。人民战争的思想，是毛泽东思想最强大、最宝贵的部分之一。

一九三四年，中央红军第五次反围剿失败。被迫长征之前，党和红军已经处在非常困难的地步，毛泽东依然充满信心地写下：“真正的铜墙铁壁是什么？是群众，是千百万真心实意地拥护革命的群众。”

一九三八年，毛泽东在抗日战争中写下《论持久战》，坚定地论中国必胜。这并非一种期望或鼓舞信心，也是基于看到中国人民的力量。他十分清醒而坚定地写下：“战争的伟力之最深厚的根源，存在于民众之中。”

迄今，我们仍应记住：毛泽东时代发明的游击战争是与人民命运相系的一种自卫反击战争。它无论是在山区还是平原，在农村还是城市，得人民支持就可以开展。基于同样的理由，不论工业时代还是信息时代，也都是可以开展的。因之，毛泽东的人民战争思想，即使在数字化武器高度发达的今天，仍有重大意义。

今天，只要中国人民还拥有毛泽东思想，拥有毛泽东时代党和人民的关系，军队与人民的关系，任何外国军队胆敢侵入中国，都注定会陷入人民战争的汪洋大海，除了失败不可能有别的出路。

原子弹是纸老虎

十九世纪末，西方海权论者说："谁控制住海洋，谁就统治了世界。"二十世纪初，西方地缘政治论者又说："谁统治东欧，谁就控制了心脏地区；谁统治心脏地区，谁就控制了世界岛；谁统治世界岛，谁就控制了世界。"再后，西方空权论者说："今天的战略公式应该是：谁控制飞机，谁就控制了基地；谁控制基地，谁就统治了空间；谁统治空间，谁就控制了世界。"

毛泽东说："人民，只有人民，才是创造世界历史的动力。"

原子弹问世，又有人说："谁拥有了核武器，谁就控制了世界。"

毛泽东说："原子弹是纸老虎！"

在中国，从炎黄尧舜禹以来，没有哪个最高领导者达到毛泽东这样胸有人民的境界。在世界上，也没有先例。

毛泽东已然是"人民观"的集大成者，并有辉煌的创造发展。毛泽东更了不起的是，他曾经使一个伟大政党的大多数人心中拥有人民观，使一支人民军队里的大多数人，心中具有人民观。

一切依靠人民，一切为了人民

一切依靠人民，一切为了人民，是毛泽东思想的核心。

“为人民服务”，成为中国共产党的根本宗旨。

毛泽东说：“全心全意地为人民服务，一刻也不脱离群众；一切从人民的利益出发，而不是从个人或小集团的利益出发；向人民负责和向党的领导机关负责的一致性；这些就是我们的出发点。”

毛泽东说：“我们的责任，是向人民负责。每句话，每个行动，每项政策，都要适合人民的利益，如果有了错误，定要改正，这就叫向人民负责。”

毛泽东的这些话语，后来在人们讽刺“公仆”时被引用，乃至以嘲笑的方式引用，被认为是做不到的，是空话，再后就无人引用，被遗忘了……我想，我们今天应该还能分辨出：并非毛泽东说得不好，而是很多“公仆”变质了。

一个民族所有的变化中，最重要的变化就是人的变化。在争取民族独立解放的战争年代，毛泽东注重培养官兵为人民服务的精神，确实缔造了一支前无古人的人民军队。解放区政府称人民政府，新中国诞生时称人民共和国。毛泽东在天安门城楼宣布共和国的诞生，他不是说我们胜利了，而是说：中国人民从此站起来了！

虽然，站起来的90％是文盲，但新中国把小学教育扩展到农村，还在广大城乡办夜校，办扫盲班……怎么来评价那个时代的果实呢？新中国把对劳动和劳动人民的尊重，把人们之间平等的观念，传播到城镇和一切穷乡僻壤。最重要的不仅是有雷锋这样的普通一兵，而是半个世纪前“一盘散沙”般的国人变成了数亿精神焕发的人民；各级领导干部乃至各行各业具有为人民服务精神的人们，实在不是少数。这是多么地不容易，这就是一个民族迅速更新自己，发愤图强的奇迹！

人民领袖

一九七〇年五月二十日，毛泽东发表庄严声明，支持世界人民反对美帝的斗争。号召：“全世界人民团结起来，打败美国侵略者及其一切走狗！”

一九七二年，美国总统尼克松访华。在毛泽东面前，尼克松清楚地感到这个人是整个资本主义世界真正的对手。毛泽东与尼克松谈哲学。毛泽东坚信：得道多助，失道寡助。历史规律，不可抗拒。我是在毛泽东去世多年后才意识到，毛泽东从青年时代开始，就选择了同整个资本主义世界作决不妥协的斗争。

一九七四年，毛泽东划分三个世界的理论，更表明永远站在全世界穷国弱国一边，坚信全世界被压迫的人民团结起来，一定能够打败压迫穷国穷人的资本主义强权霸权，建立一个新世界。

在这个世界上，无论毛泽东在世，还是去世，都是名副其实的人民领袖。

历史是最好的教科书

二〇一一年九月一日，习近平同志在中央党校秋季学期开学典礼上作《领导干部要读点历史》的讲话，说："我们要学习和借鉴中国历史上治国理政的丰富经验。中国历史是中国人民、中华民族坚持不懈的创业史和发展史。"

二〇一三年六月二十五日，习近平总书记在十八届中央政治局第七次集体学习时的讲话中说："历史是最好的教科书。学习党史、国史，是坚持和发展中国特色社会主义、把党和国家各项事业继续推向前进的必修课。这门功课不仅必修，而且必须修好。要继续加强对党史、国史的学习，在对历史的深入思考中做好现实工作、更好走向未来，不断交出坚持和发展中国特色社会主义的合格答卷。"

朱熹为什么作《四书集注》

朱熹是个广读博览的人，青年时对儒释道都有广泛的阅读和思考。儒释道都深具智慧。朱熹所处的时代，佛教与道学盛行，孔子学说受冲击已显微弱。佛家讲与世无争，《道德经》讲无为而治。其时北宋已亡，南宋岌岌可危。若国人意识多在“与世无争”和“无为而治”里，靠什么来救国家？如果说佛学、道学更重视个人境界的提升，孔学则更关怀天下众人的安危。朱熹最终选择了弘扬孔子学说，最大的证据就是他的《四书集注》。

为什么要做这件事？孔子学说是一个非常丰富的思想体系。从汉武帝建太学设五经博士，《尚书》《礼记》《易》《诗》《春秋》十分渊博。如何能使深邃的思想通俗些，为大众所汲取呢？朱熹选出《大学》《中庸》，二者都选自经典《礼记》。《大学》是孔子教育学的纲领，《中庸》是孔子哲学的核心。再选出《论语》，让人们具体地看看子曰。从孔子到孟子，这期间的继承与发展也很重要，再加上《孟子》，这就构成了孔子及其弟子们学说的整个思想体系。孔子编纂的五经，是包含着在他以前一千五百多年的中国文化的。四书加起来，原文总共才五万三千七百余字。在朱熹看来，要汲取孔子与中国文化的思想精髓，选出四书作为学子必读，这是少得不能再少了。

自孔子编纂五经传播于天下，可称开启了中国文化的“五经时代”。自朱熹《四书集注》传播于天下，可称开启了中国文化的“四书时代”。“四书时代”不是只读四书，而是将孔子编纂流传下来的五经，乃至中华传统文化承继再造，发扬光大。中国四库全书，经史子集，经居领导地位。四书则是领导五经的。北孔南朱所做的伟大文化工程，使中国优秀的文化源远流长。

我读朱熹《大学章句序》，见朱子最后这样写道：我深知自己（做这件事）超越了力所能及的范畴，不能逃脱罪过，然而对于为国造化新民使成风俗，对于学者修养自身和学习管理社会的方法，则未必没有小小的补益（原文：极知僭逾，无所逃罪，然于国家化民成俗之意、学者修己治人之方，则未必无小补云）。

我冒昧作《人民观》，也是超越力所能及的范畴，不能逃脱其中必有的错误，但从集约计，努力于以国史、党史、军史三线交织结撰全篇，将中国历史文明和现实政治融为一书，对于在简约篇幅中认识中华悠久的人民观，对于读史知兴替，对自己的民族略增文化自觉与自信，不敢说这个读本的内容已是少得不能再少，也是较少的了，唯愿也能有点儿小补益。

孔子与中国文化

二〇一五年六月，中宣部党建网开设中国传统文化讲座专栏，邀请王宏甲讲孔子。

王宏甲以《孔子与中国文化》为题，为党建网开设的这个专栏作了第一讲。讲座讲了孔子学问的来源，思想体系的建立，追溯到孔子之前的上古中华文化。党建网将此讲座的视频分为五讲发布于该网。以下是根据讲座整理的文稿全文。

导言　认识孔子从哪里开始

老子曰“道”，孔子曰“仁”，孟子曰“义”……中国古代的文化，用字十分精准，往往一个字可以代表很多东西。比如说这个“礼”，不是我们今天讲的礼貌、送礼这个概念，“礼”代表着秩序，就是整个社会的秩序。还有“乐”，也不只是说音乐。“乐”包括了音律、文学、艺术等方面，它是管精神的东西。一个“礼”、一个“乐”，礼用来管理社会秩序和人的外部行为，乐用来陶冶人的精神和内心。任何社会都需要这两个东西。

我们现在研究孔子，试图认识他，从哪里开始呢？我想不妨首先去了解一下孔子所处的社会环境。孔子所处的那个社会，“礼崩乐坏”，这是历史上对那个社会的典型描述。孔子就生活在这样的一个时代。孔子一生的努力就是试图把这个变坏的社会拯救回来！这是他一生试图要做的事情。可是，一个弃官去职的布衣孔子，他有可能做到吗？

这既是一个问题，也是我们认识他的一个基点。

基于一个“礼崩乐坏”的社会，基于孔子一生为之奋斗的目标，我们就需要去探寻孔子的知识、思想、情感从哪里来，这就涉及接下来要讲的几个板块的内容：

孔子的成长

孔子思想体系的来源

中国春秋时期的文化复兴运动

孔子哲学的核心

孔子对中国文化的影响

孔子的成长

关于孔子的成长，我姑且归纳一下，或可先记取这样六个字：好学、勤思、力行。

好学、勤思、力行——这六个字，是从孔子本身的治学和行为中归纳而来。

先讲“好学”。

孔子好学的品质从哪里来？我总觉得探寻这一点，要先追思孔子的母亲。孔子三岁的时候，他的父亲就去世了，他是跟着母亲长大的。当时，孔子的母亲才二十多岁，按照过去的说法是“孤儿寡母”，现在有个时髦的词叫“单亲家庭”。到了孔子十七岁的时候，他的母亲也去世了。现在我们研究中国文化，去阅读孔子的时候，能读到的有关孔子母亲的描述是很少的。比如说我们读孟子，“孟母三迁”的故事是代代传颂的；读岳飞，“岳母刺字”的故事也几乎家喻户晓。孔母的故事，则鲜为人知。

孔子的母亲姓名叫颜徵在。我一直觉得这是一个被忽略的中国母亲的形象。我在意大利梵蒂冈圣彼得大教堂里看到米开朗琪罗雕塑的圣母玛利亚与耶稣的雕像，此作品的名称为《慈悲》，每一次我都要在这个塑像前站很久。这个雕塑作品塑造了两个人：一个横、一个竖，这一横一竖犹如一个十字架。耶稣就是被钉死在十字架上的，这个雕塑刻画的是刚被钉死的耶稣被放下来，身体还是柔软的，他的手上还有被钉的那个洞，但是此刻他在母亲的怀抱里，他彻底放松了；再看圣母玛利亚身上的这些线条（包括衣服）都非常柔和，儿子被钉死了，在圣母玛利亚的脸上，你看不到丝毫的仇恨。这里头所表现的那种思想、那种境界，米开朗琪罗用艺术的形式去表现出来。如果你站在这样的作品面前，你难道不会久久地感动?

回到正题。“好学”这两个字里面，应该包含了两层的意思，一个是好，一个是学。“三人行必有我师焉”，这是孔子的名言。我过去理解这句话，是把孔子看作已经是个很有学问的人，还非常谦虚，走群众路线，非常善于向大家学习。这么说，或许也不错。但是，孔子这里表述的应该还包括他自己的求知经历。

孔子那个时代，西周以来的官学制度已经遭到很大的冲击，摇摇欲坠。孔子出身贫寒，求学有很大困难。通过随时随地向别人学习，加上持续地自学来实现对知识的获得，这大抵是他的求知经历。用他自己的话来表述就是：我的知识是怎么来的呢？“三人行必有我师焉。”就是说每三个人当中，就有一个是我的老师。

孔子还有一句话“学无常师”，这句话讲得更明白。你看，“学无常师”这几个字代表什么意思呢？我们今天讲某某人是我的导师，比如说：我的硕士生导师是谁，我的博士生导师是谁；就是小学生，也会说我的班主任是谁。孔子有没有一个固定的老师呢？孔子的老师是社会上的很多人。

“三人行必有我师焉”和“学无常师”，这两句话概括了孔子获取知识得益于其好学的品质——随时随地向他人学习。这种品质是孔子一生中非常重要的品质。这两句话也是孔子获取知识的经验，值得大家学习的。推而广之，具有教育学方面的重大意义。

中国人表达“知识”这个词，讲的是“学问”。

“学问”这两个字也包含两个东西：一个是从书本里头学来的知识；还有一个是没有写进书本的经验和识见（你可以通过“问”，得到这个知识）。如此就构成了“学”和“问”这两种获取知识的途径，这也是中国人知识系统和智慧的两大来源。中国人讲的“学问”里头，这个“问”的意思是不懂就问！除了这个还有，当你去问别人，可是没有人能回答你，也就是无法解答，这个时候你还问不问？

问！问谁呢？问自己。这就形成了探究、研究。所以有“做学问”一说，就是学习和钻研。

中国人为什么有“学问”这个词呢？我以为它是和孔子的经历

密切相关的。孔子从小就这样，他勤学好问，他的知识有很多就是通过“问”，向别人学习得来的。

再讲“好学”，刚才我们说它有两个层次——“好”和“学”这两个层次。这个“好”比“学”更重要，因为“学”是一个客观的东西，“好学”则是表现出非常积极的一种状态。他非常喜欢的状态。

为什么强调好学的重要性呢？这个情形就像古希腊哲学家毕达哥拉斯讲的“爱智者”。重要的是那个“智者”前面的“爱”，“爱”是更重要的部分。是爱好，才会去思考，这是哲思的特征。

以此可知，毕达哥拉斯讲了两个层次：智者与爱智者。

我觉得很有意思的是：孔子讲了三个层次：学、好学、乐学。

你看孔子说，学之不如好之，好之不如乐之。

他讲的第一个层次是学，第二个层次是好。这两个层次相当于毕达哥拉斯讲的智者与爱智者。孔子还讲了第三个层次叫“乐学”。

“乐学”就是——你学习，不仅是爱好，而且是学起来非常高兴、非常快乐，不学就不行。人总是会去寻找快乐的。我们经常讲“刻苦学习”，还讲“学海无涯苦作舟”，如果学习非得要怎么去苦学，那肯定是还没有达到学习的高境界。如果能够使学习达到一个你学得特别高兴的程度，那才是攀登到一个学习的佳境。我想，这一点，不是谁都能体会到的，但是孔子体会到了，并且把这个境界讲出来，告诉我们这才是人生学知识、做学问值得去追求、去攀登的美妙境界。

接下来讲“勤思”。

我把“勤”和“思”这两个字分出来，也是为了要说明一下“勤思”也是分两层意思：“思”是一个意思，“勤”是一个意思。比如我们现在讲“思考”，常常会听到一句话：干吗要思考？你老想老想，你累不累？或者说：我想过了，我想不出来。所以孔子提出“勤思”，就是说，伴随着随时随地地学，也得随时随地地思考。如果你学习了而不思考，你就可能更糊涂了。

用孔子的话说就是：学而不思则罔。

请想想，欧洲文艺复兴开始的时候，几乎犹如——开始向上帝发起进攻。米开朗琪罗则好像在竭尽全力地救上帝，他把上帝的真面目画在西斯廷教堂的穹顶上。

他画出上帝的本来面目是怎样的，什么是爱，什么是慈祥，什么是丑恶……他画出天堂和地狱，他用艺术的形式表现出来。我们再来看，尼采说要“杀死上帝”。

尼采是著名的哲学家。这一个拯救，一个杀死，两种观点。假如都听，都学来，那谁说的对呢？到底该听谁的呢？这个时候就要有自己的思考。所以说，光学而不去思考，那么就可能更糊涂了。但是，如果学而善于思考，就可能产生出新的知识，这个新的知识就是你的知识的诞生。

孔子还有句话说：思而不学则殆。

个人的聪明才智是很有限的。你如果只会冥思苦想，不善于向他人学习，那你也会一事无成。这告诉我们，学习是思考的基础，只有学且思，则不仅会产生自己的见解，还会由此产生独立、自主、个性这些品质。才会使人感觉到自己是一个人，不是一个可以被随便驱使或杀戮的动物。

现在说“力行”。

这个力行，也是两层意思，用我们今天的话说：力行就是努力实践。有的时候，我们会讲那个事情我去做了，但是我做不出来。

那不行！你得努力去做。一次一次地去做，百折不挠地去做。这就叫力行。

孔子十七岁时母亲去世。三十四岁的时候，他曾经千里迢迢去洛阳访问周朝的制度和民风民俗。他还访问了老子。洛阳街上有一块石碑，上面刻着“孔子入周问礼乐至此”。意思是孔子和老子曾经在这里相遇，后人依据传说在此立一块石碑以示纪念。

孔子千里迢迢从曲阜跑到洛阳，用我们现在的话说是去做社会调研、做社会考察。这就是孔子的力行。

英国历史学家汤因比的《历史研究》是很著名的，他在讲到周朝的文明的时候，说：从孔子的现世智慧和老子的出世思想，可以看出这两位伟人都认识到了——兴旺的时代已经过去了。

他所指的“这个兴旺的时代”，就是指周朝这个社会。他说孔子和老子都认为周朝这个兴旺的时代已经过去了，并且一去不复返了。这两个伟人面对着这样的一个情形，老子的选择是转身而去，就是老子出关了，辞职不干了。孔子的选择则是“对于这个社会的过去每怀敬意”。

我以为，孔子对那个兴旺的时代不仅仅是“每怀敬意”，孔子是试图要复兴它，拯救它，并由此开始了他的力行——伟大的力行！

这里面，也就包含了孔子的人生选择。我们看到孔子生活在一个礼崩乐坏的时代，但是无论世道多么黑暗，孔子不愿意失去希望，这里头有一个他“不愿意”失望。孔子没有把他的学问用于揭露黑暗，而是着眼于建设。他十五岁志于学，学了用来做什么？三十岁以后，他的“志”发生了重要的展衍——他企图拯救变坏了的世道，这是孔子贯穿一生的真正大志。

最后，我们可以归纳一下“好学、勤思、力行”这六个字。“好学”可以使你得到他人的知识，“勤思”可以使你产生自己的知识。“力行”得到的不只是知识，而是你的能力、你的才华。能力和才华只能从实践中来，而且是从实践中产生的人的素质和能量。

孔子的一生，不仅仅好学、勤思，而且力行。一个人要想有才能，做到“好学、勤思、力行”这六个字就够了。但是做到这六个字，只能成才，并不能保证你成人。

要想成人，还必须再加一个字，就是“仁”字。

这个“仁”，是孔子哲学的核心。要讲清这个“仁”字，就要去认识——孔子思想体系的来源。

孔子思想体系的来源

孔子置身的年代——

是个礼崩乐坏、见利忘义的年代。

是个烽火连天、诸侯争战的年代。

悖理伤道之烈，莫大于弑君杀父。

司马迁说，弑君杀父，春秋最烈。

在西方生物进化论引入人类社会的时候，所谓优胜劣汰、以强汰弱、适者生存，都被奉作自然法则。西方开发殖民地的五百年间，其征服和占领充满着血腥。这种实践和这种血腥，在中国春秋战国时期就战车隆隆地发生过。中国古代描绘它的话就是：“强凌弱、众暴寡”。这是人类社会发展的必然法则吗？这个问题在春秋时期就经历了无数灵魂的拷问。诞生在这个乱世中的孔子，在他的一生中，对这个问题进行了深远的求索，并做出了影响千秋的最有代表性的回答。

当青铜器出现的时候，商朝的强大是无可置疑的。商朝总的来说，是一个工商业发达、军事发达、文化发达，距今三千多年前世界上最发达的国家。国力比西北蛮荒之地的小邦周要强大很多，但是它被周灭了。为什么？商纣时期，是一个值得我们认真地去再认识的古代社会。这个时期它的一个基本特征就是：追逐富裕。商纣时期，它不仅仅是贵族群体追逐富裕，还影响及于臣民。臣是官员，民就是百姓。大家都追富逐利，富者攀比，历史上所讲的“酒池肉林”，就是当时的极端表现。那么当一个国家的官风和民风，都追富逐利，欺贫失德，导致社会严重失衡，这个国家就到了灭亡的前夜了。

后人总结商朝灭亡的历史，经常有一个说法是——商朝灭于商纣帝的残暴。我以为，仅仅归咎于商纣帝个人的残暴，是不够的。殷商是败于统治社会的核心价值观丧失了道德精神！

就是说，当整个社会的追求、价值观丧失了道德精神，其他的方面，即使发展得很强大，比如：经济发达、军事发达……这些都不足以保证你不倒塌。会倒塌的。

商朝灭亡之后，接着到来的是周朝。周公是孔子最敬仰的老师。一个人一生当中如果没有一个你很敬佩的老师，那么你要想成才，要想成功，我看是不可能的。孔子最敬仰的老师是周公，借用一句现在的话来讲，孔子是周公的“超级粉丝”。在殷商时期，有一首《商颂》，它讲：天命玄鸟，降而生商。殷商时代的统治者讲天命观，意思是我们商朝统治天下，是天命我们来统治的，谁也不能取代我们。但是商朝被周灭了。

当周灭了殷商之后，周朝也用天命观来统治社会吗？周公此时已经感觉到，看来用天命统治社会是靠不住的！那他应该靠什么？周公说：殷失天下是因为失德，民与之离心离德。周取代殷，就是因为与民同心同德。在这里，周公把民心抬到比天命还高的地位。这是周公的政治观点。在这里头的一个核心，就是要听“民命”，而不是“天命”。怎么来听“民命”呢？周公倡导德治，追求与民同心同德。

“德”的显著特征，在于其具有社会性，涉及社会上的每一个人。这个“德”是人人都需要有，人人有责任去监督的。它是一个社会公共的东西。周公的“德治”的特征，就是靠全体人民去实现，靠每个人去实现。一个是你要去遵守，还有一个是你也可以去监督别人。

那么如何从政府层面去推行这个“德”，还有，个人怎么去实现这个“德”呢？周公认为实现它的途径就是用“礼”和“乐”，这是达到“德”的途径。

“礼”和“乐”是那个社会制度的总称。“礼”就包括了这个国家行政的规定和这个国家法律条文的总和，就是所有管秩序的东西，都归于“礼”；而管精神领域的东西，都称为“乐”。这个我在讲“中国文化里的人民观”时已经讲过。

西周时有诸多诸侯国。西周王朝就派出采诗官员到民间去，把民间的土风歌谣收集起来，收集起来的有好的，也有不好的。不好的不要它，把好的留下来用于陶冶人的精神，这就是诗歌收集起来的过程。到了孔子的时代，孔子再进行编选，共留下三百零五篇，就是后来的《诗经》。什么是经？在中国文化里，经就是有积极的思想意识的诗歌，可反复吟唱的可以陶冶情操的东西。

也就在这个时期，“君子”的概念演变出无性别的道德含义。通俗地讲，“君”是君王，是尊贵者；“子”指的是民间的小子，是“下人”。然而，只要你不偷、不抢、不懒惰，即使你很穷，那也可以在“小子”面前冠以一个“君”字，称为“君子”。

我们前面讲的殷商时期，殷人讲“贫富”，周人讲“贵贱”。“贫富”反映的是一个人外在钱财的多和少；“贵贱”在周朝的时候，它反映的是人格的高下。周公试图建设的不只是一个制度，而且是通过建立“礼乐”制度，去使这个社会达到有德。周公所努力建设的，是一个试图从人心的内部建立起来的讲礼仪、重文化，并且崇尚艺术的社会。

中国商朝存在于公元前十六世纪到公元前十一世纪，周朝继之而起。商周两个时代，都是三千年前世界上最发达的国家。三千多年前，整个欧洲都还匍匐在神的脚下，中国西周政治已经认识到——靠君权神授的天命观来统治社会靠不住，与民同心同德才是比较可靠的。王道意识产生了！

这个王道和霸道，在中国的历史上、政治上，一直是有很明显的区别的。“王道”一直受称赞。我们来看这个“王”字，它来自世界上最早叩问哲学之门的著作《易》，来自它所讲的卦象，“王”字上面一横代表天，下面一横代表地，中间一横代表人，能够把天、地、人三者贯穿起来者就是王。

在中国上古时代，夏代最高的统治者称“后”；商朝的最高统治者称“帝”。我们现在所讲的“商纣王”，严格意义上说是个错误的称法，因为商朝统治者从开始到灭亡，从来没有称过王。商纣认为他自己非常了不起，他是称帝的。

“帝”字的甲骨文字形像花蒂的全形，上面像花的子房，中间像花萼，下部下垂的像雌雄花蕊。“帝”字的本义就是花蒂。果实不论长多大，都来自“蒂”，是蒂赐予果的。“帝”通“蒂”。先秦时期，德合天地曰帝，指一个人的道德智慧能够与天地贯通，这个人就被称为帝。殷商后期，尤其是商纣帝的专横跋扈与残暴，帝的意义和概念都发生了变化，由先前的代表道德智慧变为地位的象征，甚至变出霸道的概念。许慎《说文解字》讲帝，谛也。对谛的解释：审也。在我看来，从言、帝声的“谛”，若看作“我说了算”、唯我（帝）独尊，大意也相近。

周朝不愿意称“帝”了，要改变它。

从周文王读《易》，演八卦开始，然后周公继承之，开始真正在政治领域琢磨统治者和人民之间的关系。周朝开始坚定地把这个统治者的最高称谓改称“王”。

此举是有政治含义的，因为“王”字中间那一横代表“人”，这“人”不是个人，而是代表群体的众人。你可以比较一下“巫”字，巫字上面一横也代表“天”，下面一横也代表“地”，中间的两个人，就是复数的人，代表众人。能代表众人与天地沟通的就是“巫”。“王”字中间那一横代表众人，是从“巫”中间所代表的众人演变而来的。

如此，可否说，“王”中间那一横所代表的众人，其政治含义是：这里追求的是以人民为中心的政治。对统治者而言，如果你心中没有人民，那是称不上“王道”的。

西周王朝建立后的五百多年，随着铁器时代的到来，经济社会再一次发生重大变迁，又一个逐利时期出现了，社会礼崩乐坏了。这个时期就是孔子生长的时代。这个时代，看起来到处都是弱肉强食，上古文明如同在春秋战火中灰飞烟灭；人民如草芥，好像是再也没有哪个政权会认为人民有什么重要的了。

但是孔子出现了，孔子被后世称为“素王”，就是说，他虽然不是统治者，但是他以他的正统思想在影响这个社会。

孔子生长在礼崩乐坏的社会，他的思想又从哪里来呢？

事实上，春秋社会并非一片黑暗。大家比较熟悉的“赵氏孤儿”的故事就发生在春秋时期。法国思想家、文学家、哲学家伏尔泰了解了中国这个戏剧后，非常感动，感到中国有这样的故事、有这样的人，是非常不可思议的，遂把《赵氏孤儿》改编成《中国孤儿》在法国巴黎上演。

“赵氏孤儿”的故事大家都很清楚。程婴答应了人家说：“我要救这个孩子，而且将来一定把这个孩子抚养成人。”既然他已经答应了，他就一定要做到，要信守诺言。正如古语云“言必信，行必果，诺必诚”。后面其实还有一句话“不爱其躯”，意思就是为了达到这样的目标连自己的身躯都可以不爱。这个就是中国文化讲的“舍己为人”。这个是春秋晚期的故事。

我再讲一个同时期的《聂政刺侠累》。这个故事讲的是韩国有一个大夫叫严仲子，他想杀掉韩国一个奸相侠累，但是侠累的护卫非常严密，无法下手。当时韩国有一个叫聂政的人，因为和别人有仇，把人杀了，然后逃到齐国去了。严仲子就想去找聂政帮他刺杀侠累，于是他找到齐国（今天山东这个地方）。他多次想去见聂政都没有见上，后来聂政的母亲做寿，他用了百两黄金来祝寿。不料聂政坚持不收他的黄金，也没有答应他的请求。严仲子只好回去了。

这是以前出的一本写聂政的连环画，我就选了两幅来。你看，后来聂政的母亲去世了，他的姐姐也出嫁了。聂政觉得他现在可以去报答那个人（严仲子）了。古时有句话讲“士为知己者死”。聂政想，我就是这样一个下人，他能够看重我，用了这么多金钱来请我干这件事，我得要去报答他知道我这个人。

然后聂政就去找到严仲子，告诉他说：我现在可以干这个事了。之前不能干，是因为母亲在，姐姐没有出嫁，现在可以了。

严仲子说：那好，现在给你钱，你应该收下了吧！

聂政仍然不收。他说：我现在收这个也没有用处，我家里也没有人了。严仲子接着说：那我给你车，还要给你派多少人？聂政回答说一个人都不要，人多了就会走漏消息，一旦走漏消息就会连累到您，所以这事就我一人知便好，我现在就去干这个事。便去了。

这个丞相侠累，他也想不到有人会光天化日之下走进来刺杀他。按照司马迁《史记》里讲的：那一天门都大开着，侠累的保镖们都在练武，侠累就坐在那里欣赏他们练武。

聂政居然就在那么多人面前，径直地走上前去，不慌不忙地走上前去，然后掏出剑来，一剑刺到侠累心脏。侠累一下就死了，这件事情也就完成了。待聂政完成了，旁边的人方才醒悟过来，要抓他。

聂政一边与人对抗，一边用剑划自己的脸，把自己的脸划到别人都认不出来，然后割开自己的腹部，把自己刺死了。

聂政死后，韩国把他的尸体放到大街上，让大家来认，目的就是想要抓住这个幕后指使的人。没有一个人能把他认出来。

但是这个事情很快传得很广，传到了聂政姐姐的耳朵里。他的姐姐就想：不知道是不是我弟弟啊？于是就到大街上去认。姐姐认弟弟总有一个原因能认出来，当她确认这就是聂政时，一下子就哭开了：这是我的弟弟呀！

边上的人们听了，都说：姑娘，你怎么还敢大声叫呀？他们就等着抓你们呢！

她的回答是：我的弟弟为了保护我，才把自己弄成这样，弄到大家都认不出他。我怎么能够为了我自己而埋没我弟弟的英名呢！人们说，你快跑啊！她说：我弟弟已经为韩国人除掉了奸相，我要让人家知道这事是我弟弟干的，我怎么能让他白死呢！结果就是聂政的姐姐也死了。这也是发生在春秋时期的一个故事。

这样一个社会，到了这样的程度，为什么还会出现这样身怀大义不惧死的人呢？盖因历史上有过那样一个时期——因为西周曾经倡行建设一个有德的社会，并且把这一理念推广到民间，在民间产生过切实的作用。以至于当这个社会变坏的时候，王道丧失了，世道沦丧了，但是民间的老百姓还留恋那个时代。

聂政和他的姐姐，都是很普通的人。聂政的刀剑虽然无法斩除腐败，他的鲜血仍然可以强烈地表达——在这个追权逐利的社会里，重精神而不重金钱的人是有的。你看他的姐姐，一个庶民女子，也以生命之花发出了同样的绝响。

这种人，这种人的精神，在中国文化里就叫作春秋大义、春秋精神。这样的人和故事，在春秋时期不是一个两个。它强烈地表现出：一方面是官员的追权逐利，达到非常坏的程度；一方面是民间坚持道义的人，努力地表达着一定要坚持这个东西。

这是一个光明与黑暗并存的时代。它突出地表现为：贪官污吏之可耻可恶与平民中坚持道义的对峙。在权钱横行的社会，道义之光可能微弱如烛，但是，它能够烛照千秋。

孔子三岁时父亲死了，在贫穷中长大，他更多地体会到“善恶”，春秋大义是深刻哺育了孔子精神的东西。后来孔子修史，他编纂的历史著作就叫《春秋》。

我们回头再说孔子年轻的时候。孔子三十五岁离鲁奔齐，历史上有个说法，说他听到“韶乐”，三月不知肉味。就是说三个月里，这首乐曲都萦绕于心，他赞叹这首乐曲是如此尽美又尽善。不光是美，而且是里面有善。这个“韶乐”是什么？“韶乐”是舜时期的音乐，是西周推崇的音乐。可见从舜这个时期，就很重视人的精神，用乐来表现这种尽美而又尽善的精神。

孔子是山东曲阜人，鲁国是周公的封国，也就是说周公时代的礼乐，在鲁国应该是保存得最好的，可是这个韶乐在鲁国已经没有了，也就是说沦丧得很厉害，被丢弃得很厉害了。

在这里还值得留意，孔子重视礼乐，是他经历了春秋乱世的再思所得。请重视我这句话——历史上所有能被继承下来的事物，都是后人再认识的结果。只有他自己能够独立思考，能够通过思考再认识到这个东西很有意义，才有可靠的继承。如果没有这样一个环节，世界上就根本没有继承这个东西。

孔子对于“礼乐”，是真正体会到了它们的好处。因为他就处在乱世，他切身体会到秩序太重要了；他在这个不讲道德的社会里，体会到了人的精神、道德太重要了！因此孔子一生的职志，就是努力要把这两个东西给找回来。

孔子从齐国返回鲁国时，这一年他三十七岁。日后他说自己“四十不惑”，我想他大约是说：他的期望拯救世道的思考和志向已经成熟坚定。虽然他还没有被当政者所用，但是他已经不会疑惑了。

孔子四十岁以后，一直到他五十一岁从政，这十年，他是贫居在家。干什么呢？研究先贤先哲，研究了十年。此时的孔子，只要他有一口饭吃，他就要对“礼乐”这个东西，对它的源流和传统进行研究，由此不断积蓄起他的学问。那个时候民间的私学已经兴起，有人来向孔子学习，孔子的名气也逐渐越来越大。

五十一岁的时候，孔子得以从政。孔子从政只有四年，在他从政第四年的时候，他已经代理相事。在当时的鲁国来讲，大致可说官居第三位。此时，孔子只要肯跟鲁国的贵族一个思想意识，那么他的官可以当得好好的。问题是孔子有他的思想，他希望推行“仁政”。他的思想跟鲁国国君不一致，跟鲁国的贵族也不一致。孔子的政治理想在他代理相事的时候，不能够实现。

孔子的志向不是做官，他的目的是拯救这个社会。既如此，在这里做官就没有意思，所以他辞官走了，开始了他的“周游列国”。这个“游”，不是旅游，而是游说。周游列国是因为他认为有这么多个诸侯国，总该有某个诸侯国能够采纳他的政治思想吧！

孔子五十五岁那一年开始上路——周游列国。

他走了十四年。

在当时争强争霸的那样一个时代，在那些诸侯国的国君们看来，孔子讲的要把“礼乐”找回来，不就是周公的那一套吗？周公那一套，不是被历史证明已经不行了吗？如果行的话，怎么会礼崩乐坏呢？你再拿回来又有什么用呢？

应该说，无论是中国还是世界各国，全人类没有第二个人像孔子这样，用了十四年的时间去劝说各国的领导人要实行“仁政”。孜孜不倦的十四年，一个诸侯国又一个诸侯国这么走，最终没有一个诸侯国采纳。

十四年后，孔子返回鲁国。这时孔子已经六十九岁了。

白须飘飘的孔子，未来还有多少时间？

人生还能做什么？还可以做什么呢？

公元前四八四年的天空下，孔子失望了吗？

他似乎最有资格失望。假如这个时候的孔子沉浸在看透了社会黑暗的深刻认识中。假如他说：我看透了！我已经坚持了十四年！如果他对他的学生们说：我们已经仁至义尽了，大家都回家吧，该种地的种地，该干什么干什么，你们都好自为之吧！那么历史上就没有孔子，中国也不会有孔子，世界上也不会有孔子。

但是，孔子没有失望。

他永远不会失望。

请留意，天地间有这样一种人，他永远不会失望。这是一种非常积极的、阳光的人物性格。无论人生到任何时候，孔子的头脑里没有失望这个词。但是，他不是一成不变，他会进步，他会觉悟。

孔子觉悟了。他认识到，可以把他的思想放到年轻人的头脑里去。年轻人的头脑，这是一个最好的载体，孔子的学识、思想，会在学生的头脑里得到延续，并且这个知识、思想会在延续中增值。而这些知识、思想是不会死亡、不会磨灭的，因为它进入了很多读书人的头脑里。

孔子找到了一个最好的办法，他开始专心致志地成规模地收学生，办教育。

孔子从六十八岁到七十三岁（去世），只有五年。

是这五年，决定了中国有一个孔子。

因此，六十八岁是孔子一生中的重大转折，伟大的转折！

中国春秋时期的文化复兴运动

孔子历时十四年的游说列国结束，意味着一个崭新的启程——伟大的育人之旅的开始。

十四年的“劝政”，没有一步是白走的。

因为是这世无其匹的努力，使孔子终于觉悟到：欲治天下先治国，治国先治家，治家先治人，治人先治心。

如此一步步地寻本追根，才看到治天下首先要治人心。治理人心就需要教育。这就把思考从外部世界聚焦到了人本身。这场教育运动直接导致中国春秋时期萌生了一场伟大的文化复兴运动。

西方的文艺复兴运动是举世皆知的。无论是西方的知识分子还是中国的知识分子，都认为很重要。我认为：在欧洲发生文艺复兴运动之前的一千八百年，中国有过一场伟大的文化复兴运动。证据是什么？孔子收集编纂了《书》《诗》《礼》《易》《乐》《春秋》为教材。孔子把被战火打碎了、散失了的之前一千四百多年的文化，尽可能地找回来。

《书》，后世称为《尚书》，是自尧舜时代以来上古政府文献的汇集；《诗经》保存了商周时期的诗歌，是中国最早的诗歌总集；《易经》是世界上最早叩问哲学之门的著作；《春秋》是中国现存第一本历史著作；《礼记》记述了中国古代早期的典章制度，涉及政治、法律、道德、哲学、历史、祭祀、文艺、地理、日常生活等；《乐》没有看到传本。传下来的只有五经。

孔子编纂出流传下来的五经之时，古希腊的苏格拉底和柏拉图都还没有出生。孔子在公元前五世纪，致力于把被春秋战乱打碎了的上古文化找回来，可谓是中华上古文化的集大成者。他做了当时那么多诸侯国的政府力量没有能够做到的事，并且通过教育去传播，这是找到了最富生命力的途径。

到了战国时期的诸子百家，后世诸子没有一个不深受孔子学说以及孔子和其弟子著书立说的影响。诸子百家不只是争鸣，诸子百家都在聚徒讲学。那样的文化大传播，对于中国文化的继承，激发创新和弘扬，均有无法估量的贡献。

百家争鸣是这个文化复兴运动的一个结果。那样的五彩缤纷、激荡交融；那样的相互辉耀、恢廓有容。一个多么灿烂的思想解放、文化复兴时代，终于蔚为壮观。

孔子是旗手，是发起人，是这一文化复兴运动的源头。日后的学者们所分的这个儒家、那个法家，把孔子的学说和成就作为诸子百家之一，我以为是把孔子的意义弱化了。

这场文化复兴运动无疑强有力地塑造了中华民族的精神和品格，永世长青地滋养了万代中国心灵。

孔子哲学的核心

我们回到孔子哲学的核心。前面讲孔子的成长，讲了六个字，好学、勤思、力行，其实还缺一个“仁”字。

仁，即孔子哲学的核心。现在通过这个“仁”字，我们来认识孔子哲学思想的人类意义，以及其教育思想的永恒价值。

孔子为什么那么重视“仁”？

这个“仁”凝聚着什么含义？

“仁”含“二人”，这里的含义当指初生之人与长大成人之人。意为：初生之人只是具有一个人的形体，父母给出的是一个人的形体和本能。要真正成为人，需要通过教育使你具有人的品质，才能叫作成人。

有一句话很典型地解释了它的含义。《三字经》里讲——人之初，性本善，性相近，习相远。意思是：初生之人性情是差不多的，只是后来由于习染的不同才相去甚远。“近朱者赤，近墨者黑”，你跟着好人就学好，跟着坏人就学坏。

如何能使你变成好人，而不变成坏蛋呢？中国话讲的这个“坏蛋”很有意思。人们说这个人是坏的，不叫他“坏人”，就叫他“坏蛋”（意为不配为人）。

真正的人是什么样的？孟子体会孔子的意思。孟子的表述是：富贵不能淫，贫贱不能移，威武不能屈。真正的人，是知善恶、懂是非的，能坚守人的善良品格的。就是打你，你也不能屈从；拿钱收买你，你也不能出卖自己的人格。

讲得最经典的话还是孔子本人说的：“三军可以夺帅，匹夫不可夺志也。”孔子讲的“匹夫”就是具有独立人格的人。

理想和志向里面是有灵魂的，有善的坚守的。善，就是最高的道德，也是最高的智慧。所以，后来孔子的学生曾子作《大学》，首句就是：“大学之道，在明明德，在亲民，在止于至善。”

这个“志”，并不是指理想和志向，也不是通常说的“雄心壮志”。中国的这个“志”字怎么写？上面一个“士”，下面一个“心”，士心为志。什么是“士”？中国文化赋予“士”的意向，那是一个可以牺牲自己的形象。就是：不是为了自己个人的目的，而是为了他人或众人，可以舍己的形象。

比如说：烈士、壮士、勇士、战士。就看这个“战士”，也是很高的评价，因为你今天去打仗，就有可能战死疆场。士心为志，有牺牲精神者为士。为了一个公众的事业，为了一个民族的事业，能够去出征，能够牺牲自己，这种精神就叫“志”。包括我们很熟悉的词“同志”，为什么称“同志”？因为有共同为一个民族的利益去牺牲的精神，所以是同志。

中国人说：“士可杀，不可辱。”你可以拿走我的尸体，但拿不走我的精神。这些均源于孔子的思想。你要想真正成为一个人，这个过程需要通过教育和自我教育，培养起你对社会的爱心、对社会的责任感，有是非善恶判断，懂得扬善弃恶，这个时候你才是一个人。

法国在一七八九年八月二十六日颁布的《人权宣言》，说人生而平等，宣布自由、财产、安全和反抗压迫是天赋的不可剥夺的人权等原则。这里讲的是“人权”，阐述的实际是社会公理。

孔子讲的“仁”，是人之所以为人的人生哲学，是人本身的成长历程和人的本质属性，包含着人的神圣权利和义务，是社会公理的基础。

孔子还有句话说：“己所不欲，勿施于人。”西方有人把孔子这句话翻译为：“你不希望别人对你这样，你也不要对别人这样。”这句话成为世界各国在处理国际事务中都能接受的公共法则。

大家也许看过第二次世界大战时德国法西斯所建的奥斯威辛集中营的图。我去奥斯威辛集中营看过，特别感慨。那里静悄悄的，两边的房子非常整齐，有政府组织，有文字，有钢铁的焚尸炉，有化学毒气，法西斯的办公桌上有《新旧约全书》。法西斯在那里杀人，计算着用最低的成本、最快的速度杀人，追求杀人的效率，一切都很“科学”。

西方文明的标准认为，要有政府组织、要有文字、要有青铜器、要有大型祭祀中心，城市里面要有非农业人口等，才是有了文明。如果按照西方文明的标志来衡量，我在奥斯威辛集中营所看到的，有能够满足西方对于文明界定的一切东西。

再看日本法西斯杀中国人，把中国活人作为练刺杀的对象。一边在杀人，旁边看杀人的日本人在笑——他能笑得出来，这是一种什么样的人？我们可能感到那杀人的钢刀太可怕了。是那钢刀可怕吗？如果那把刀在好人手里，则一点都不可怕。真正可怕的是法西斯头脑里没有人性的东西。

那么，孔子揭示出“仁”的内涵有什么意义？

人类认识到人生而有之的天赋人权，无疑是进步的，但是世界上并不是每个人都能生而具有人的品质。希特勒的法西斯、日本的法西斯的惨无人道比野兽更凶狠，人的坚守善良的品质是需要培育的。

孔子的影响及于后人，孟子持“性善说”，他还提出了“良知”的概念，把从外部世界得来的学问看作知识，把从内心，即人的善良本性中发现出来的认识称“良知”。

荀子持“性恶说”，认为“人性恶，其善者伪也”。这“伪”不是指“虚假”，而是“人为”的意思。“人为”便是后天教育的结果。如此，不论“性善说”还是“性恶说”，都导向人生必须通过教育才能成为一个好人。

如此，中国古代的教学从孔子开始就不只是传授知识，更在于启迪良知，有了“育人”的意识，所以称“教育”。

在古希腊戴尔菲神庙入口处，很早就刻着那句著名的箴言：“认识你自己”。几千年来，认识人自己一直是西方认识活动中最重视的事情，也使西方哲学注重人的认识。

孔子哲学则注重人的教育，人生建设，是至今值得我们认真解读的伟大的人生哲学。

综合起来看，“好学、勤思、力行”，凝聚着孔子的教学思想；“仁”字凝聚着孔子的育人思想。一个人只有通过教育具有“仁”的品质，才能成人。

我们看看全人类的社会，古往今来的灾难，都在于缺失“仁”的品质。最伟大的教育，就是把人教育成人。

天地间没有比成长为一个人更重大的事了。如果人类丢掉这个东西就会陷入一个衣冠禽兽的世界、尔虞我诈的世界、相欺相残的世界。当一个社会争先恐后致力于成才，而不是成人，就没有办法避免道德底线的陷落。

在中国自古以来的社会里，人心这个底线一直有很多的人兜着。“你不能这么干，你这么干还有没有良心！”假如这个不讲，只讲钱了，那么这个社会还有谁是安全的呢？

中国人祖祖辈辈都期望孩子长大成人。这个比金子更宝贵的愿望，是渗透着孔子的育人思想的。如果人人都在致力于望子成才，那是一种什么期望呢？

其实，人的才能，也如同一个“器”，具有工具的特征。而所有的工具，都是能用来做好事，也能用来作恶的。在人的能力和才华之上，需要有能驾驭能力、制止能力跋扈的东西！这种东西就是人的良知，人的道德精神。这就是孔子一直在讲的东西。

如此，“好学、勤思、力行”和“仁”，共七个字，我把它们称为“成才成人七字经”。

孔子对中国文化的影响

最后讲孔子对中国文化的影响。

在中国没有受孔子影响的人是没有的，哪怕是激烈反对孔子的人。这跟是不是读过孔子的书没有关系，因为孔子的思想早已渗透在中国文化里，几乎无处不在。孔子是中华悠久文化的集大成者，也是中华文明伟大的创新者和传播者。

伟大的人没有不被误解的。孔子遭到最大的误解莫过于被认为是导致专制的根源、民主的大敌。就是当今的社会上，也常听到有人咬牙切齿地说："孔子是专制的帮凶。"说这话的人，有知识分子，也有普通人。

事实上，最恨孔子思想的是"专制政权"。秦始皇就是代表，所以他要"焚书坑儒"，因为他最知道孔子的学说会限制君王的权力。

在孔子的学说被禁了七十多年后，公元前一三四年，董仲舒向汉武帝建议兴太学，把孔子的学说找回来。但是，要采纳董仲舒的建策非常不容易，因为孔子的思想如果真正成为官员的思想，它具有抑制君王权力、制止君权跋扈的强大力量。

比如，汉代以后有一些大臣跟君王叫板，没有一个人会说“我认为”，总是说：“子曰……”

皇帝从小就有师父教他五经，教他学“圣人说”。君王们都是这么被教育出来的。等到出现问题，这些大臣要跟皇帝叫板的时候，那就说“子曰……”而后问，你忘记了？如果不凭“子曰”，怎么跟皇帝叫板呢？

采不采纳董仲舒的建策，汉武帝考虑了十年。

汉武帝终于在公元前一二四年建西汉太学，下决心把孔子请回来，立五经为教育经典。从那以后，这个五经就一直作为科举考试的教材。

我以为，这件事情做成在雄强的西汉，是汉武帝一生当中至为重大的贡献。其深远的意义，超过了汉武帝的武功。此举使日后的中国历朝虽然经历了政权腐败、矛盾激变，战争频起，总有一种克服黩武的伟大文化力量，导引着中华民族生生不息地走过来。

我读《论语》，以为最能体现孔子追求与精神的莫过于《论语》开篇的这三句话：

学而时习之，不亦说乎？有朋自远方来，不亦乐乎？人不知而不愠，不亦君子乎？

这三句话，千古以来很多人解释过，叙述略有不同，但大体的意思如下：学过的知识能不断地温习它，不是很愉快吗（孔子说过"温故而知新"）？有朋友从远方来，不也是很快乐吗？别人不知我、不理解我，我并不生气，不也是君子的气度吗？

我以为这三句话是《论语》的序。此前的书还没有"序言"这两个字，但孔子的学生们已想到要把最重要的话写在一本书的最前面，来表达这本书主要是讲什么的。孔子去世以后，他的学生为他守墓，这期间他们把老师的话回忆出来，记述下来，就变成这个《论语》。

孔子的弟子曾经跟随老师十四年艰苦跋涉，去劝说那么多当政者来施行孔子的政治思想，可是没有一个人听取。现在我们这本《论语》，主要讲什么呢？

我们讲的是：老师的这些宝贵的学问，如果能够被时代所实践（"学而时习之"——学，这本书里孔子的学说；时，时代，时人；习，实践），那是很高兴的事。要是不能的话，我们现在办学，天下有很多学生前来同窗学习（朋，同窗），那也很好。如果连这个也不能实现，那我们也不失为君子了。

看孔子十四年劝政的努力，以及回到鲁国后的办学实况，难道不是这样吗？

因此，我再说一遍，我坚定地认为，《论语》开篇这三句话说的是：孔子的学说如果能被时人学习实践，不知多高兴呀！如若不能，有人从远方来同窗共学，不也很高兴吗！如果无人知，无人理解，那也不必生气，因为我们已经不失为君子了。

三句话序《论语》，把老师的遗志和境界，把弟子们做这本书的目的表达完整，没有遗憾了！

《论语》开篇第三句“人不知而不愠，不亦君子乎”，是不是弱一点呢？不是！我以为这第三句话是最高明的。因为这句话里面包含着不为人知也没有遗憾的意思。人生如果能够无憾，是极高的境界。

人在离世之前，究竟有几人能达到无憾？帝王能达到吗？富翁能达到吗？但寻常百姓不做亏心事，无负于人，则可能达到。这便给世上每个普通的人以勉励和欣慰。

人生无憾便是最大的圆满。

人生最大的成就，并不是成才，也不是做成哪件事，而是做成一个人。有的人，才华横溢，做成了很大的事，却丧失人格，为人不齿。要做成一个真正的人，才可能无憾。这其实是最难的，但也是每个人都可能做到的。这就是孔子给予千秋万代每个人的照耀。

孔子不仅属于中国，也属于世界。

一九八八年一月，全世界的诺贝尔奖获得者在法国巴黎开了一个会议，会议结束时发表了一个惊人的宣言："如果人类要在二十一世纪生存下去，必须回头去吸收两千五百年前中国孔子的智慧。"

我们来回想一下，当年孔子游说列国，并不是教诲哪个国君如何强大起来就可以灭掉别国，而是倡导应该遵循这样的世道——以道德礼乐仁爱去治国，才有国与国之间的睦邻相安，天下太平。

近代以来，不少中国文章经常论孔子的时代，或者论苏格拉底的时代，或者把这两个时代拿来比较。我也做一个比较，我觉得在他们所处的时代，存在这样一种情形：自由的孔子和不自由的苏格拉底。

你看这个是《孔子周游列国图》，一幅中国的国画。孔子周游列国，他基本上是自由的。在鲁国从政时，如果说有不同的政见，他可以跟他的君王说应该怎样，不应该怎样。君王不同意，那我就辞职，就走了。然后他可以到另一个诸侯国去跟那里的领导人谈他的不同政见，去批评人家，说你不能这样，你应该怎样。没有人杀他，他还带着那些年轻人，也没有人说他犯了鼓动青年持不同政治思想的罪，所以说孔子是自由的。即使那样一个礼崩乐坏的时代，那个时代也没有哪个政权杀了孔子。

孔子去世后十年，苏格拉底才出生。西方的油画《苏格拉底之死》画面上是给苏格拉底喝一碗毒药。苏格拉底是被雅典法庭判处死刑的。当时雅典总人口约四十万，雅典公民总数只有约四万二千。法庭的陪审员有六千人，审判员五百零一人。审判的表决形式是举手，审判程序为一审制。苏格拉底犯了什么罪？他的罪名是亵渎神灵和蛊惑青年罪。举手的结果，认定苏格拉底有罪的占多数。就这样，雅典人杀死了他们最伟大的思想家。

苏格拉底的思想，在那里有自由吗？没有！

从苏格拉底的时代到今天，这个世界在对自由、平等、幸福的追求上，有多大的变化呢？世界上那些霸权国家，仍然是在不遗余力地使自己这个国家强大再强大，在千方百计地致力于使其他落后的国家继续处于落后状态，才可以保持他们的强大。

在今天仍然存在这种情况的国际背景下，我们不得不强军，我们要有强大的国防力量，这是我们必需的。但是我们不能丢掉孔子。因为他是真正地为人类和平而思索，而孜孜不倦地传播善理。

最后我想请大家看一眼这句话：“天不生仲尼，万古如长夜。”这句话作为一副对联，在中国孔庙里反复出现。

这是我故乡的朱熹评价孔子的话。我仔细看这句话，感觉我对孔子的评价和认识，没有超过这句话。

我讲完了。我很希望朋友们能对我所讲的提出批评，给予我帮助。谢谢大家！

神圣的教育

二〇〇四年八月，王宏甲的《中国新教育风暴》出版。这部书首印十二万册，一经出版，就在教育系统和家长中引起了很大反响，新闻媒体也给予了热情关注。还在出版之前，中央人民广播电台就依据书稿清样，开始对全书连播。书出版后，《解放日报》将全书予以连载。中央电视台据此拍了三十集电视报告文学片。该书相继获得了中宣部“五个一工程奖”、鲁迅文学奖等多种全国性奖项。

王宏甲在十多年间应邀给全国教育系统近三十个省、自治区、直辖市的骨干教师作了百余场报告。这部作品及其传播，对中国二十一世纪的教育转型产生了重要影响。

二〇一二年，王宏甲的《教育良心说》出版，再次引起广泛关注。这篇《神圣的教育》，汇集了他两部教育著作的核心思想。

导言　只有你能阻止这个世界倒塌

当今教育问题是最牵动千家万户、最议论纷纷的难题。上学求知，却有不少人被知识打垮，被考试击败！考高分者亦不乏灵魂空虚者。有人说，教育问题很复杂，学问很深。

我以为事物复杂至极，必藏着简单。前途山重水复，必另有蹊径。教育问题千头万绪，根本问题有二：一是现行教育在很大程度上仍困在工业时代的教育模式中，不能适应当今，需要创建信息时代的新教育；二是重视“成才”而忽视了“成人”。

当一个社会争先恐后地致力于成才，而不是成人，就无法避免道德底线陷落。当道德底线陷落，还有谁是安全的？有谁可以仅凭金钱、权力独享荣华富贵？

“中国第一教师”孔子，就出现在那个“礼崩乐坏”的年代，他以拯救人心为职志而成为中国教师永远的楷模。天地间没有比育人更重大的事了。这甚至是中国文明之所以能够从未间断地传承至今，而没有被人自身的贪婪与恶所毁灭的根本原因。

中国教育有悠久的伟大传统，孔子的教育思想也有其来历。

殷商末年，是一个官风导致民风也变坏了的社会。西周取代殷商后，周公试图建设一个有德的社会。怎样才能实现呢？历史告诉我们，周公创建礼乐制度。礼，用来管理社会秩序和规范人的行为。乐，用来陶冶人的心灵。人们何以知礼乐，乃至掌握它呢？只有通过教育。

所谓“国之大事，在祀与戎”，商朝教育也是首重宗教和军事。西周的六艺教育为礼、乐、射、御、书、数，是把礼乐教育放在前两位，把军事和知识方面的教学放在其次。前者重在“育人”，后者属于“教学”。前者造就人的精神品质，后者教人知识技术。

语文教师熟知的“一沐三握发，一饭三吐哺”，是周公“求贤若渴”的故事。但仅靠如此“求贤”是不够的，要建立选人、用人乃至造就人才的制度。于是西周创造了选士制度，它包括三条途径：一是乡里选举，二是诸侯贡士，三是学校造士。所谓“学而居位曰士”，讲的是学好知识并得到一个社会位置就叫士。西周士阶层的形成，是中国历史上极其重大的事。

西周建的太学称辟雍。圆形如璧环，四周有水环绕。内圆外方。周朝是非常看重圆的朝代。圆是天的象征。天圆地方，既是对宇宙的认识，也是以天子为中心的中央同天下四方关系的象征。作为西周的国立太学，辟雍还象征规矩方圆，所谓没有规矩，不成方圆。辟雍四周有水环绕，还象征教化如流。

我们今天说的“鼎盛”，是从古人赞誉西周青铜器的鼎之盛开始的。制造精美的青铜器需要“范”，培养国家栋梁人才也需要“范”，辟雍是西周以礼乐去“范”人才的最高学府，西周把教育看得像天那么大，便是期望以教育去“范”天下。

周公无疑是有教育思想的，孔子继承并发扬了周公的教育思想，编纂了传世的五经为教材。后来遭遇秦焚书。到汉武帝时建太学，设五经博士造就国家所需要的人才，孔子的哲学与教育思想都得到空前发扬。

这期间，西汉学者扬雄在《法言·学行》中首次把“模”与“范”二字组合为一词，提出：“师者，人之模范也。”这个光辉命题，是对西周把教育看作具有范天下作用的继承。两汉太学由此形成尊师传统。直到今天，培养教师的学校仍然称师范学校。

孔子的教育思想是以育人为显著特征的。教育与教师的意义，都在中国教育史上历经千锤百炼，得到明确的认定，有其崇高的内涵。教育必须以“把人教育成人”为第一要务。舍此，我们就会陷入一个衣冠禽兽的世界，尔虞我诈的世界，相欺相残的世界。只有崇善的教育，才能阻止这个世界倒塌。

所以，我最想对教师们说的一句话就是：只有你能阻止这个世界倒塌。

在开始讲述当代中国需要创建信息时代的新教育时，还有一些话要说。

自二十世纪初变革教育办新学后，女子得以上学，还有了女子师范学堂，这是在中国社会的腹中孕育了千秋的梦想吧！彼时诞生，盖因拯救危难的中国不仅匹夫有责，匹妇也有责！新中国成立后，把学校教育大力推广到穷乡僻壤。进入信息时代，教育的规模更空前发展，中国的学校教育从未像今天这样普及。由于政府的重视和一代代教师的努力，中国教育无疑取得了以往任何时代都未曾达至的伟大成就。

但是，当今教育存在很大的问题，这是不争的事实。症结何在？前面已经讲到，最根本的问题是：现行教育仍困在工业时代的教育模式中，已不能适应信息化时代的需求。今日中国亟须创建信息化时代的新教育。

怎么才能真正认识到这是一个大问题呢？我以为，认识教育的变革和发展，不能忽略这样一个基本方法：跳出教育看教育。否则就难见“庐山真面目”。如果不能如此俯瞰教育，则教育存在的任何一个难题，甚至一个细节问题，都会被无限放大。

事实上，这是任何一个经济时代发生重大转型时期都会遇到的难题。某种程度上，我们遇到的现实问题，正迫使着我们不得不从社会历史的变迁和教育发展史上去寻求启示。

审视三次重大教育转型
认清转型期教育和教师的伟大作用

谁孕育了教育

中国人在距今一万两千年前已驯化稻谷，比这更早还发明出陶器，这意味着教育在那时就存在了。假如没有一代接一代的经验积累和言传身教，没有哪一个人能把野生稻驯化为人工栽培稻，也没有哪一个人能仅靠自己的琢磨烧制出陶器。

从陶器时代到青铜器时代，教育一定发生过很大的变化。远古陶器曾是先人发挥想象留下刻符或象形图纹的载体，其“纹”是日后“文”的先驱。那是凝聚在物上的精神的东西，可证教育从远古就不仅有技术的传教，更有精神的传递。到青铜器时代就有比较容易释读的文字了。考察有文字以来的教育，大致可分为：

青铜时代的教育

铁器时代的教育

蒸汽机时代的教育

计算机时代的教育

每当社会生产发生革命性进步，引起经济社会发生重大变迁，教育就一定会发生重大转型。以中国为例，至少有三次重大教育转型。

第一次是铁耕问世。私家经济迅猛发展，引发春秋巨变，官学制度在战乱中风雨飘摇，教育呼唤着新的传承方式，出现了孔子等诸子百家的授徒讲学或撰文争鸣。

第二次是蒸汽机出现。西方工业的猛烈冲击致使中国从教学四书五经全面转向教学文史地数理化。

第三次就在当今。计算机和互联网正在世界范围内取代齿轮，工业时代正在全球大拆迁，运载人类的生存之舟已在数字化信息时代鸣笛航行。你若不变，还在老地方辛勤教学，刻苦攻读，就好比刻舟求剑。

像这样的重大教育转型，是无法抗拒的。不论我们是否意识到，创建信息时代的新教育，势在必行。

二〇〇四年我撰写出版了《中国新教育风暴》（再版时更名《新教育风暴》）一书。此后一再有人问我，你是搞文学的，为什么这么用心写教育？我说，我并没有把当今的教育看作只是教育系统的事。在这样的时代变迁中，建立在新的生产方式和经济基础上的政治、军事、法律、教育、文学艺术等，都会发生重大变化。在一切转变中，最基础、最重要的是教育转型。这是我特别关注教育的原因。

每次教育转型都是从变课程开始的

每次重大教育转型都很艰难，因为它要把一个新时代生出来，就无法避免有如分娩般大汗淋漓的阵痛，也无法避免撕心裂肺般的喊叫。春秋时期那次教育转型，逐渐确立了以孔子编纂的五经为主要课程的教育；百年前变教育引起全民族知识结构乃至方方面面的巨变，也是从变课程开始的。

二十一世纪初，我国教育部发动的课程改革，正是创建信息时代新教育的突破口和发轫工程。按教育系统的说法，这是“新中国成立以来第八次规模最大的课程改革”。我私下里想，这不免像个“关起门”来的说法，恐怕会限制了眼界。

无论回溯历史还是察看今天，教育大转型都在某个历史的节点上必然出现。蒸汽机时代的教育，以英国为中心向全世界辐射；计算机时代的教育，则以美国为中心，再一次向全世界辐射。

问题不在于说法的不同。关键是，如果清晰地看到这是由于时代变迁导致的教育重大转型，才会更自觉地去研究工业时代和信息时代的教育究竟有哪些不同，从而更准确地通过变课程创建出当今中国需要的新教育。

二〇〇一年教育部确定首批三十八个国家级课程改革实验区，分布在二十六个省、自治区、直辖市，于当年九月开始了全国性的课程改革。此后逐年扩大，取得了许多宝贵经验，也经历着很多阻力和困难，其中包括来自科学家和不少教育专家的质疑或反对。这些质疑或反对，都充满了拳拳爱国之心。

这提示我们，关系一个民族教育创新发展的课程改革，还缺乏应有的广泛探讨和必要的深入浅出的启蒙，很多人对课程改革还很陌生，包括一些参与争论的人。

十多年来，教育部基础教育课程教材发展中心的领导和专家们，矢志不移地坚持推进的课程改革，对全国天南地北投身课改的教师，给予了不可或缺的持续的指导和支持，我屡屡为他们深深融入其中的辛苦工作感动不已，深以为他们筚路蓝缕栉风沐雨创新教育的努力，是应该被中国教育史所铭记的。

二〇一二年年初，教育部公布了新修订的义务教育阶段课程标准，同年秋季中小学全面启用新修订的课标。新课标涉及小学一年级到初中三年级的所有学科，其中语文新课标要求学生九年课外阅读总量需达四百万字以上。仅此一项，正是力图克服为“应试”而死守着课本的狭窄教学模式，力图打开学生开阔的眼界和宽广的胸怀。新课标颁布能不能促进深化课改？二〇〇一年开始投身课改的前辈教育工作者和教师有不少已经退休了，这次仍然身在其中的教师试图充分地抓住历史良机，继续承担起创建二十一世纪新教育的光荣使命。

每次教育转型都要从基础教育做起

有必要说明，重大教育转型是要从基础教育做起的，但在初期，人们往往会首重高等教育。

十九世纪末，清政府意识到教育重要之时，首先创办的是京师大学堂。一九〇〇年八国联军攻陷北京后，清政府才意识到更新整个民族的教育已刻不容缓，而且必须从娃娃抓起。于是在一九〇一年颁布了《兴学诏》，在一九〇二年颁布的《钦定学堂章程》中有了创办幼儿园的章程，一九〇四年的《癸卯学制》甚至颁布了中国最早的义务教育法，令全国父母务必把孩子送进新学堂去读书，否则是违法的。

美国于一九八五年启动了关于基础教育改革和创新教育的《二〇六一计划》，一九八六年发布了《为二十一世纪培养教师》的政府文件。之后，英国也于一九八七年发表了《应对新的挑战》高等教育白皮书，在这里，英国也是首先从高等教育做出反应。但仅隔一年，英国就颁布了《一九八八年教育改革法》，这是包括基础教育在内的改革法。一九九一年英国发起“课余俱乐部运动”，引入社会实践课；一九九二年在小学开设“设计构想”，引入“探究性学习”；一九九四年组建师资培训署，培训新型教师。这是一步步认识到教育转型要从基础教育做起，且必须把培训新型教师放在首位。

“知识经济”一词，在我国首次见诸媒体是在一九九八年，时值北京大学一百周年诞辰。当时，以IT经济和金融经济为内涵的新经济，已在美国克林顿政府的支持和推动下，使美国重新成为世界经济的重要引擎。鉴于舆论广泛说的“知识经济时代到来”，国与国的较量将是高技术的较量、尖端人才的较量，我国也高度重视了高等教育，从大规模扩招到给高校追加数额甚巨的经费，都可以看出重视程度之高。

一九九九年六月中共中央国务院颁布《关于深化教育改革全面推进素质教育的决定》，二〇〇一年六月国务院出台《关于基础教育改革与发展的决定》。世纪之交的这两个国家文件，在我看来是划时代的决策，确定了从基础教育进行变革的正确方向。这说明我国在数字化信息时代对教育变革作出的大决策和迈出的步伐，都尚属及时和积极的。

这场关乎中华民族前途的重大教育转型，是包含着需要改变教育思想、改变教材和教学方式、改变考试评价制度的巨大工程。基础教育课程改革要组织研制新的课程标准，以取代我国沿用已久的教学大纲，并肩负着培训全国新型教师的重责大任。中国基础教育阶段就有两亿学生，近千万教师，我国投入培训新型教师的人员与巨大的教师队伍还不相适应。基础教育阶段培训新型教师，涉及全民族成长中的学生的整体素质，比大学培养任何拔尖人才都更有普遍意义。这非同寻常的重要性，应该被再认识。

教师的伟大作用无可替代

百年前教育转型的标志性事件是：一九〇四年一月十三日清政府颁行《癸卯学制》。但推行之初困难重重，入学者寥寥，能教新学的教师更寥若晨星。

袁世凯、张之洞等大臣于是给慈禧上书："科举一日不废，即学校一日不能大兴，学校不能大兴，将士子永远无实在之学问，国家永远无救时之人才，中国永远不能进于富强，即永远不能争衡于各国。"

一九〇五年九月二日，清廷下诏废除了延用一三〇〇年的科举制，新学才得以兴起。一九〇七年三月《女子小学堂章程》和《女子师范学堂章程》颁行。同年全国新学堂已有三万七千余所，在校生一百零二万多人。一九〇八年，美国教会在北京创办了燕京女子大学。

毛泽东少年时是读私塾的。一九一〇年他十七岁，挑着行李离开韶山，走二十公里路，到新学堂——东山高等小学堂——去读书。此时距《癸卯学制》颁布只有六年，如果东山这个地方的士绅认为这里还不具备办新学的条件，要等一等再说；如果毛泽东十七岁还没有读到新学，那会怎样？

从一九〇四年到一九一九年这十五年间，可以培养出一代新学生。如果没有新知识造就的一代觉醒的新学生，就不可能有五四运动。

“山河百战归民主，铲除黑暗大道平。”一九一九年，中国的男女青年并肩走在北京的石头街上，整个民族都回响着他们的声音。

一九二一年创建中国共产党的先驱们，都是学过新学的。如果没有新知识的熏陶，也不会有中国共产党的诞生。

至此可见，重大教育转型期，新教育比政治更重要，她是孕育新政治、新经济、新军事、新法律、新文艺的母亲，并因之培育出一代新人，缔造出一个新时代。

鲁迅少年时也是读私塾的，如果没有读新学也不会成为后来的鲁迅。然而当时的中国即使有一万个鲁迅也不够，需要百万个能传授新学的教师遍布中国的穷乡僻壤，才能更新整个中华民族的知识结构。

今天变教育的重任，再一次首先落在中国教师肩上。当我们说科学技术重要、社会科学重要之时，不能忘记，教育实在是自然科学与社会科学之母。当我这么说时，已经把教育放在一切社会科学之外来看待。尤其是重大教育转型期，教师的伟大作用无可替代。

如果您同意我的说法，请为我鼓掌。

亲爱的教师，这其实是为你们自己鼓掌。

创建新教育，不只是基础教育。高等教育、职业教育、远程教育、成人教育、特殊教育、终身教育等一切教育领域都需要相应的课程改革。因而，课程改革在创建新教育中具有核心地位和普遍意义。

所有这些，都不只是教育系统孤立的变革。它应该是一个国家工程，它需要施于政府，通于天下，贯于人心，需要全体公民的体认、理解和支持。

在这样的重大教育转型期，我们已不能把教育放在政治、经济、科技、军事、法律、文化、卫生、体育等序列中来并列看待。教育变革，是决定上述各领域更新发展重中之重的变革。

我们要变革的是我国在工业时代发展了一百年的教育，是西方发展了二百多年的教育。这是一千三百万教师率领着三亿学生，从一个教育时代向另一个新教育时代，浩浩荡荡的伟大迁徙。

我国二十一世纪的新教育将从这次重大教育转型中创建出来，将对实施我国人才发展战略，促进可持续发展，建立学习型社会，构建每个人学而得以发展其长、做而各尽所能各得其所的社会，实现中华民族在二十一世纪的伟大复兴产生极其深远的影响，产生革命性的重大推进。

如此光荣的历史使命，就这样放在我们这一代面前。

我们没有理由不感受到它的召唤，没有理由不去研究我们所处的时代需要怎样的新教育，包括珍视我们在创建新教育中所遇到的种种困难——不管面对多大的困难，不要抱怨。珍视坍塌，才知崛起。

这样的时期，打开眼界来看看世界上的变迁，看看生产力发生巨变引起的教育重大转型将怎样重构世界各国的实力，我深信我们每个人都会感动于自己心中的爱国激情！

这样的时期，我们个人能有机会为之增添点滴建设，我们渺小的生命也能因之获得一缕霞光。

如果您同意我的说法，请再次鼓掌。

这是为我们自己鼓掌。

为我们大家走在壮丽的征程中而击节鼓掌！

认清教育的三大基本任务
务必清醒地认识到：成人比成才重要

第一大任务：育人

每当时代发生重大变迁，传统道德便会遭遇严峻挑战，人类社会也容易出现一个“逐利”时期。譬如从青铜器时代向铁器时代变迁的时期，出现了“礼崩乐坏”。战火烛天，血可漂橹。民间则道德失衡，杀人不以为罪，越货不以为耻。那时一定也有无数的人在问：一个没有战乱、人民能通过各自的劳动各得其所的社会还能找回来吗？

孔子在那里出现。他曾用十四年时间去游说列国诸侯施行仁政，无一国采纳，于是专事教育，把希望寄托在成长中的学子身上。他收集古往今来的中华文明，编纂出当时包括《乐》在内的“六经”为教材，并经此后学生以及学生的学生坚持不懈地努力，终于把中华民族赖以传承千秋的文明找回来。这里分明呈现着教育的伟大力量。

二十世纪，有无数的学者赞扬工业革命的伟大成就，但是切莫忘记，自蒸汽机出现，欧洲工业迅猛发展，一个疯狂的逐利时期在欧洲就出现了。巨大的证据就是：用工业生产力武装起来的西方国家在全球范围大规模地开发殖民地，把巨大的灾难和痛苦强加在尚处于农业、畜牧业或狩猎时代的民族身上。从一八四〇年开始，中华民族被西方工业的炮火接连打进血泊，只是被迫遭遇的不幸命运之一。一九〇〇年二月十日梁启超发表《少年中国说》，把拯救中国的希望寄托在少年身上。一九〇二年二月起，梁启超又发表《新民说》，提出要造就新民。一九〇一年起，清政府接连颁布《兴学诏》《壬寅学制》《癸卯学制》，终于推动了创办新学。

计算机出现，人类进入信息数字化时代，世界进入经济全球化时代。许多的国际战火和争端，都离不开对经济利益的追逐。在科学技术突飞猛进的今天，地球的生态环境在前所未有地恶化，即使是富国也难孤立地“持续发展”。中国在这个时期也遇到严峻挑战，我们所说的道德滑坡、腐败问题、诚信问题、贫富差距等，并不是孤立的现象。

在我们审视几千年来教育的发展进步以及发生的重大转型时，还请重视这样一个具有规律性的情形：就技术层面来说，铁器会取代青铜器，微电子技术会超越齿轮，但就人的心灵与精神来说，人类的良知与智慧能照耀千秋，具有不灭的光辉。

教育的第一大任务，就是把人培养教育成人。

这是人类从相互争夺厮杀的鲜血教训中觉悟出来的人生善理。这第一大任务在孔子“仁者为人”的教育观里已有深刻描述。

两千五百年前的孔子的智慧是不是过时了呢？孔子的名言：“己所不欲，勿施于人。”这话被认为可以作为世界国与国交往、人与人交往的基本准则。孔子是作为人类的伟大教师而受到世界尊敬的。

前面说过，人如果缺少独立思考、没有自主意识，见利益便贪婪，那就不可能弃恶从善。怎样才能有独立思考和自主意识？

其实，人最初来到这个世界上，懵懂中的好奇心和对这个世界的惊讶，由此产生的独立思考就天然存在。

你瞧，一个三岁的娃娃拿着爷爷的眼镜惊讶地问：“爷爷，这眼镜您戴上就看清楚了，我戴上怎么就看不见了呢？”

爷爷说：“傻瓜，这是老花镜，你怎么能看见呢？”

孙子困惑。

爷爷又说：“我告诉你吧，爷爷戴的是老花镜，你妈妈戴的是近视镜，你舅舅戴的是墨镜，懂了吗？”

孙子更困惑了。

爷爷回答孙子的问题了吗？

这里发生了什么？孙子提出的问题，就是一个探究性问题。爷爷却用关于眼镜的知识去回答他。孙子仍然困惑，怎么办呢？

当今课程改革要求在中小学开展探究性学习。有人说，大学才有研究生，小学生会探究什么呀？

其实，娃娃就会探究。这探究性是与生俱来的，是天赋。

天赋不是谁教出来的，人人生而有之，但需要小心呵护。父母是第一个呵护孩子天赋的人，而且是第一个为孩子的探究才华喝彩的人，但也可能是第一个伤害甚至扼杀孩子探究天性的人。

可惜几乎每颗童心都曾受损。

很多父母没有洞悉孩子的探究欲求，没有抓住机会呵护其自然成长，往往是用“知识”把他好发奇想的一串串探究打上句号，或用“你怎么还不知道”等训斥把他的探究阻断。我们的老师也常常用上述爷爷的方式，辛辛苦苦地用知识去填塞孩子原本好发奇想、色彩斑斓的头脑。

请记住：好奇起于惊讶，导致探究，开启智慧之门。

千万别用现成的知识去关上这扇门！

中国媒体曾报道“德国立法禁止学前教育”。其实，在任何国家，学前教育都是不可能也不应该被禁止的。因为孩子在出生后到入学前，都在接受着父母的教育，这个时期的教育是极重要的。

其实，德国并非禁止学前教育，而是在《基本法》中禁止设立先修学校，旨在禁止对学龄前儿童灌输知识性课程。

为什么要如此禁止？我们常听到的解释是，孩子有自身的成长规律，孩子的天性是喜欢玩耍，那就应该让他玩，让他快乐成长。可是，我国有一句“专家说”家喻户晓：“别让孩子输在起跑线上。”我国还有许多办“先修班”的机构更把这句话作为最有力的宣传语。许多家长看到别人的孩子纷纷去“先修”了，觉得自己的孩子若不去，眼看就要输在起跑线上了，于是认为这是真理啊，也纷纷送孩子去“先修”。

德国禁止灌输知识的“先修”，是否举国要输在起跑线上？如果诺贝尔奖可以看作一种衡量尺度，德国人（包括美籍德国人）获得的诺贝尔奖，比世界上任何一国的都多。这又是为什么？

何谓天性？何谓规律？为什么要让上小学之前的孩子“玩”？“玩”的奥妙在哪儿？

每个孩子的大脑天生都有记忆功能、想象功能、观察事物和探究未知的功能等，往成长中的孩子大脑里强力输入知识，只是开发他的记忆功能。记忆功能，表现的只是合上书本后的复述能力、模仿能力。人生的创造力主要不是靠记忆力，而是非常需要想象、观察、思索和探究等诸多能力。

给学龄前儿童强力灌输知识，他不是不能接受。很多情况下，孩子甚至会表现出比成年人更强的记忆力，而且会随着对他的强力开发，记忆力达到惊人的程度，令家长和老师都欣喜不已，称之神童，甚至大胆预言：这孩子将来会了不得！

可是，“将来”未必如此。因为强力开发了孩子的记忆力，而且“硕果累累”，真正的结果却是致使孩子的想象功能、观察功能、自主思考与探究功能没有发育起来。有一句很形象的话：给学龄前儿童强力输入过多的知识，会使孩子的大脑变得就像电脑的硬盘，持续几年，大脑如同储存器，不会主动思考了。

“不要让你的孩子头脑硬盘化！”这句话无论说得轻与重，都是值得父母斟酌的。

为什么我会不惜篇幅在“教育的第一大任务”一节写下特别多的文字，因为在这些重要的任务中，我们损失太大。

比知识更宝贵的始终是人本身的探究天性和自主性。用高难度、超负荷的知识去填塞孩子天赋的探究孔窍，孩子就很难“开窍”了。童年生活中的探究功能、独立思考未能健康发育，就会像患了小儿麻痹症那样萎缩，那就无异于思维的残疾。

“厌学”一词，终于在我们这个祖祖辈辈都重视教育、羡慕读书、渴望读书的民族出现了。再看看当今仍然严重存在的“应试模式”，那一遍又一遍没完没了地“做卷子”，像不像用裹脚布去裹脑？这是对成长中的孩子的头脑实施摧残啊！如此摧残，对孩子一生的影响都深远而沉重。

伤害探究天性，在应试教育中是从学生的童年开始的，家庭和学校，辛辛苦苦地做得如此普及，这无异于扼杀了一个民族的创造力。而伤害了学生的自主意识和创造性思维，会使学生日后失去很多机会，也影响人格健全。自主精神是民主意识的基础，缺乏自主精神会影响一个民族的民主进程。

孟子上承孔子，提出“良知”的概念，这是把从外部世界得来的学问看作知识，把从内心即人的善良本性中发现出来的认识称为“良知”。中国古代教育至迟从孔子开始就不只是传授知识，更在于启迪良知。

千秋以来，中国人望子成人，是深受孔子教育学哺育的。今天，千家万户望子成才。其实，成人永远比成才重要。因为人的才能如“器”，具有工具的特征，那是可以用来做好事，也可以用来做坏事的。如果有才而不具有人格和良知，则父母恐怕有操不完的心，也会危及他人和社会。

简单说，教育的第一大任务就是育人，建设人本身。

从学生的角度说，就是认识人生，建设人生。

总起来说就是：培养具有高尚的人格，具有独立思考、自主意识、探究能力、创造性思维，具备公民的权利观、职责观和义务观的人，从而使教育不仅具有个体的人生意义，并深具人类意义。

课程改革正是致力于通过开展探究性学习，朝这个方向去努力的。二〇一二年年初，教育部公布新修订的义务教育阶段课程标准，最突出的一条就是加强德育，今天我们大家都能感到这一条的重量。

第二大任务：培养人认识自然和社会及其发展规律的能力

这项任务就特别需要第一大任务中的“自主意识”和“独立思考”等品质，否则拿什么去认识？

在“应试”状态下，许多父母连最简单的家务活也不让孩子干，并限制孩子看课本以外的书，称之“闲书”。不少学校把从前的春游也取消了。一个“两耳不闻窗外事，一心只读教科书”的孩子，不了解气象万千的自然和社会，今后能到哪里去？

何谓封闭？

我们知道，历史上的闭关锁国使国家和民族深陷灾难，但封闭哪里只限于封闭国门呢？今天单这个为应试而拼搏的教学束缚，就能把一个人从幼龄到十八岁相当完整地封闭在那几册课本里。这不可怕吗？

由于“应试模式”对教育第二大任务的忽视，不少人走出校门就无法避免“两眼一抹黑”。都市的夜晚，车灯如流，你还在街上徘徊，路灯下只有你和你的影子。你将感叹，这个世界是你的吗？你究竟在哪里遗失了打开梦想之门的钥匙？

如果对现实社会缺乏认识，更谈不上认识发展规律，就很难把前途做在趋势上。又好比行船无舵，任何一面来风都可能使你晕头转向，无法到达你渴望的彼岸。

一位就职于国家机关的女大学生告诉我：“大学毕业后，我什么书都不想看。”另一位同龄女大学生补充说：“不是什么书都不想看，而是有字的东西就不想看。”

我很惊讶！问：在你们同学中，这种状况普遍吗？

她们异口同声：比较普遍。

我不禁想，应试模式造成她们看到“有字的东西”就恐惧，在历史上，在国际上，有如此影响深重的先例吗？

课程改革倡导的开放式学习和社会实践课，就是在努力纠正上述弊端。比如课改要求老师不是照本讲解，而是根据课程设置某个探究性问题，社会实践课也是选择某个探究性问题去开展。

课本提供的知识不够，学生可以去问家长，家长还可以领着孩子去请教专家。如此，家庭、专家、公众，以及报刊、图书馆、网络……都可以是教育者。

几十个学生撒出去，带回课堂来的有百十种知识亮点，这就使很多人的智慧在课堂里交流激荡，学生便在这样的海洋里学习成长。如此，课堂不再是一块黑板四面墙壁的概念，新教育打开的远不只是一册课本，而是连接着五洲四海的一个广阔无垠的课堂。

学生会不断从诸多人士的见解中发现他们说的不尽相同，甚至有很大分歧，谁更接近正确?

学生已自然而然地处于思索之中。“我”从一个总是被动接受知识的对象，变成了主动对各种现象和见解进行辨析、判断的主体。学生就在我与课本、我与课堂、我与老师、我与同学、我与学校、我与专家、我与家庭、我与人们、我与社会、我与未来中认识我，建设我。

这是在塑造一个最终能融入社会、对社会有用的有独立人格的人。如果一个学生“我与世界”的思维被打开、被塑造，其获取知识的能力和创造力将不可估量。

这第二大任务，从学生的角度说，就是认识自然和社会，并达至融入社会。

第三大任务：引导和培养学生学习文化科学知识和技术的能力

我们对第三大任务中的“学习文化科学知识和技术”是重视的，拼搏也主要在此。

有人说，信息时代，知识爆炸！要学的东西更多了，任何大脑都难以把诸多知识容下。这时我们会发现，较好地完成教育的第一大任务和第二大任务，对完成第三大任务有多么重要！因为最关键的并不是知识，唯有培养出学生善于获取知识、运用万种资源的能力，才能使他们处万变而不惊，携万有而共进。

在信息时代，更应该重视的并不是“知识爆炸”，而是“知识换代”。那么，学什么和怎么学，都需要有对社会发展趋势的认识。新教育不是要把教学变得更难、更复杂，而是要使学生在万象纷呈、千奇百幻的时代，不迷失在信息的丛林里，不成为知识的奴隶。课程改革正是这样努力的。

我国义务教育的最低目标，是要使初三毕业的学生获得基本的生存能力。

现在大家都说，一个孩子只读完初三能干什么？这不是孩子的错，而是我们的教育方式在九年中把孩子的时间太多地耗损在浩如烟海的试题中，没有使他们获得应有的能力。那么我们就需要根据义务教育的基本要求来改进。

中国古代人尚且知道“三百六十行，行行出状元”，今天的家长们为什么多数看不起职业教育？

社会是由百业构成的，各行各业都需要有相应文化科学知识和技能的人员，从整个社会结构来看，这是最大量的需求。

那么，学什么和怎么学，要覆盖到基础教育、高等教育、特殊教育和职业教育的整体需求。我国迫切需要扩大和加强职业教育，还需要大力提高职业教育的地位，需要一定的政策扶持。

每个家长都望子成才，其实每个人都是独一无二的，每个人都可以做到最好，这最好的标准未必是成为牛顿或上哈佛，而是找到一条最适合个人发展的路，即“对自己来说，争取成功的把握性最大的路”。在这条路上发挥得淋漓尽致，那就是最好！

人们常问，究竟什么是素质教育？

我以为，素质教育不是游离于课本知识体系和技能之外的教育，也不只是关于音乐、美术等方面的熏陶，素质教育是贯穿在教育三大基本任务之中所应该获得的综合素质。

它包括高尚的人格、独立思考、自主意识、探究精神、善于继承并有创造性思维，具备公民的权利观、职责观和义务观，具有认识自然与社会及其发展规律的能力。在学习文化科学与技能方面，懂得最重要的不是获得某个正确的答案，而是要去经历一个探索和发现的过程，由此获得良好的素养和能力。

创建新教育的三大要素
务必变教育的选拔功能为造就功能

第一大要素：培训新型教师

要变教育，先变教师。

今日中国并不缺教师，问题是“一个特级教师，在新课程面前也会变成不合格的教师”——这话是课改实验区的老师们说的。

这意味着我国一千多万名教师需要改变教育方式。

千万雄师大培训，牵系万万家利益，关乎中华前途。不管怎么说，这是必要的，也是极其宏伟的。

“教师不是传教士，教材也不是教经。”传统的“教学”方式，要让位于“导学”方式。这些生动的体会，由课改前线的老师们说出来，我们已听到犹如雄鸡唱晓般的啼鸣了。

既然信息时代涌现的新知识是任何一个头脑都无法装下的，当今不仅高等教育需要导师，基础教育也需要导师。一个从基础教育到高等教育全面呼唤导师的时代应该出现。

我们的教材，在一定意义上，已需要更加适合的“导材”。

我们还应当认识到：在有效的导学方式中，一个真正的问题，比一千个答案都重要。

所以，创建新教育，要警惕经验。

从前主抓“重点班”卓有成就的教师面对新课程，可能比年轻教师更辛苦。但是，奇迹仍会出现。

不妨想想牛顿。牛顿最大的发现是万有引力定律和三大运动定律吗？不是。是他某天发现自己“对这个世界竟然一无所知”。

为什么？因为这时，世界在牛顿眼前出现了重新认识的最大的可能性。他的万有引力定律和其他重大发现，都是在对世界重新认识后才陆续得到的。当教育在许多教师面前出现重新认识的最大的可能性，您就体验到牛顿的惊讶了！

这就是一个新型教师的诞生。

探究性学习已在基础教育阶段全面开展，它在创建新教育中具有先锋地位。探究能力，是教师最基本的导学能力，需要老师们共同探寻它培育人才的奥妙。

探究不是研究。研究是面对采集的对象，去琢磨它，破解它，钻研它，试图发现其中奥秘，进而得到成果的创造性工作。

探究是面对未知领域，去探索它，接近它，发现它，就在向前探寻的过程中，你可能发现一个你想象不到的很大的世界。你不一定是为了得到一个什么具体的成果，但你会因此开阔眼界和胸怀，由此得到认识事物的能力，乃至萌生出创造性能力。

探究性学习，同样不是为获取正确答案而进行的学习，而是面对未知领域去探索（即使这个领域是别人已知的），并在探索中获得认识事物、驾驭事物的能力。探究是研究的先导，是研究和创造所需要的基础能力。

探索从来不可能有一条笔直的道路。走到“正”或走到“负”，都是必要的，很难用哪是“对”哪是“错”来评价。事实上，正确只能通过尝试和体验错误才能达到，这是探究性学习的典型特征。

明白了这一点，就不必为学生的出错大喊大叫了，就懂得要多用激励。激励不只是抓住学生的某个优点去表扬，而是面对他的错误也可以为之鼓掌，可以喜悦地告诉他：“快了，你就快成功了！”

所有的挫折，都可以转化为认识。

所有的成功，只是对失败的修改。

何谓真理？真理就是错误生出来的儿子，错误其实是真理他爹，我们怎能不善待错误？

何谓慈祥？慈祥就是面对错误表现出的宽容，这是一种伟大的情感和智慧，也是优秀教师的品格和智慧。

面对学生答题，打钩或者打叉的测验方式，是有局限的，它不是唯一的方式，也不是最终方式。

“对”或“错”的简单评价方式，运用到极其丰富的社会，局限性就更大。设置标准答案，用以衡量学生对或错的评价方式，不是应该抛弃，而是不足以培育和开发学生的探究性思维，不能满足信息社会发展的需求。探究性学习，必将培养出学生更科学地对待万事万物的品质。

但是，切莫忽略，不论发生多么大的变化，在一切变革中，老师的爱心最重要。

曾任湖北省宜昌市政法委书记的王厚军在二〇〇五年给我打过一个长途电话，令我震撼！我由此去宜昌调研，得知他们那儿抓获的犯罪分子中，初中以下文化程度的占89%，其中读书时属于差生的占60%以上。他们是不是笨呢？王厚军说，他们接触电脑几个小时就会上网了，在网吧一夜到天亮也不感到累，实际上既不蠢也不懒，只是考试成绩不好。可是学校追求升学率，老师不喜欢这些成绩差的学生。父母也总是说他们不听话、笨！甚至羞辱他们。

他说，这些被“考试”淘汰的青少年，也是一些法盲。他们的弱势比残疾人还弱，残疾人还有社会的关心和捐助，这些青少年在社会上晃荡，没人会同情他们，都说他们坏。他们的心理也渐渐自我定位为“就这样”。现在大学毕业生就业尚且不容易，这些青少年无学可上更无业可就，这就是危险的不安定因素。而追根究底，应试教育本身对他们很残酷，他们不仅缺乏知识，也没受到良好的道德教育。他说他们是“四无青年”：无学可上、无业可就、无人尊重、无人关爱。像这样要变好是不可思议的。

“我们打击罪犯是治标，治本还得靠教育，靠老师！”

这位政法委书记兼公安局局长，他组织了宜昌公安干警会同学校对差生进行“一对一”帮扶，曰“关爱蓓蕾”，目的是阻止他们走向犯罪。他说，可是我们力量很小，希望媒体呼吁老师要爱那些成绩不好的学生。他说他看到报上登过一个数字，全国学校里的差生有五千万，那是半个亿啊！

我感到振聋发聩！

如果只重视会考试的孩子，怎么构建和谐社会？

要不要坚决地放下应试教育，推进课程改革，实在已经不是认识问题，而是良心问题。

我由此坚定地认为，一个教师最优秀的品格就是：爱差生！让我们记住，天下父母交给你一个学习成绩好的学生，你要爱他！天下父母交给你一个学习成绩差的孩子，你更要加倍地爱他！

第二大要素：创新课程资源

先说一句，课程资源不仅是课本。

我国课改时，对课程分为综合课程和分科课程。这里，我想特别地说一下，多年来，参加课改的地区绝大部分选择了分科课程，认为综合课程难度大、风险大。

课改中，动静大、成效大、阻力大的也是综合课程。在一些人头脑里，综合课程甚至像是“被实践证明是不合适的”。我看，对课程资源的误解，恐怕没有比这更大的了。

综合课程，值得教育系统的领导者和教师深入地再认识。值得重视的不仅仅是，当今发达国家基础教育是以开展综合课程教学为基本特征的，更值得重视的还有以下一系列因素。

工业时代是特别重视分科的时代。而更有效的学习，应该强调知识之间的关联，强调不同学科的知识之间存在一个必须加以认识的整体，那就要在一些学科和一定程度上打破分科模式。

综合课程的好处在于：能更有效地引起探究，有益于人的综合能力的培养，通往对人的多种智能的全面开发。

我们正处在一个万种信息扑面而来的时代，成功并不取决于在个人头脑里如何绞尽脑汁地寻找聪明才智，而是需要善于运用各种资源的能力，这就非常需要培养学生的综合能力。

人的创造力主要产生于综合能力。打破学科分界和专业壁垒，是获得综合能力的重要途径，也将成为新的学问品格。开展综合课程教学，是给学生一个获得综合能力的必要的平台。这好比乒乓球台或足球场，没有那个场地，培养不出那个能力。

信息时代是一个特别需要通过资源共享来寻求发展的时代。工业时代的科研、生产、销售是分开的，信息时代，许多公司把科研、生产、销售集为一体。美军在高技术战争中更把海陆空、航天和电子集成到“海陆空天电”五维一体前所未有的高度。

信息时代的制胜法则并非“竞争”，而是“资源共享”。

资源共享的好处在于产生综合实力，而综合实力非常需要综合能力去获得。当今的尖端技术也产生在多学科相融会的地方，没有综合性的创造力和综合实力，就高不上去。

对学生而言，在基础教育阶段未能通过综合课程去充分开发和培养综合能力的机会，这是损失。不仅是个人的损失，如果没有一代代新学生造就国家未来综合实力，我们整个民族的损失，不言而喻。

如果你看到校门之外的社会需求、学生的社会应用正遇到怎样的难题，才会更清楚课程资源该引导学生“学什么”和“怎么学”。比如从前还有大学毕业生被分配到县里去，如今县一级的学生一旦考上大学，毕业后基本上留在大城市择业。许多老师感慨：我们辛辛苦苦培养学生，都为大城市培养了，地方上还是缺人才，怎么振兴?

中国现在70%的人口在农村（含乡镇），仅九年制义务教育阶段的学生多达一亿六千万人。县乡中学里未能上高中和上大学的还是多数，他们就是当地发展经济的重要人才。因此，开展社会实践课，把家乡历史、人文、自然、地理、物产以及产业结构、经营实况等方面开发为校本教材，如此也使学生能接触到家乡社会各界的人，更清楚在校需要学什么，将来才能发挥作用。

中国地域辽阔，东西南北中各有不同资源。各地教育主管部门和学校，若把当地资源开发为教育资源，学生的生存能力、建设家乡的实际能力，都会显著提升。中学生的研究成果，也有不少会成为当地经济、文化建设的可利用资源。这方面，已经有很多实例。

鉴于我国各县乡培养的学生考上大学后多数有去无回，在中学阶段开展这项教育特别值得各地领导者重视，包括政府财政预算应给予一定数额的支持，以保证这项对家乡今天和未来的发展必有高回报的教育方式落在实处，并取得高质量。

我去过西部和东部的一些教学点，曾徒步走到汽车进不去的地方。那些地方确实非常艰苦，教学条件之差让人触目惊心。在一个只有十名学生的教学点，老师告诉我，班上还有三个学生缴不起学费。

我问：国家不是有“两减一免”吗？

老师说：这三个学生的学费和学杂费全免啦！

我问：那还欠什么呢？

她说：欠教辅书的钱呀！

我听了目瞪口呆。

那是怎样的教辅书？就是汇集大量习题应对考试的书！

我很震惊，应试教育是如此无孔不入地渗透到连汽车都走不到的地方，“一个也不少”地套住如此偏僻山区的每一个学生，这不是捆绑一代人的灵魂是什么？

我接触的那些孩子，当我让他们看相机里拍出来的他们的形象时，他们的神情那么惊奇，眼睛那么明亮！

我想起“两会”代表和社会各界都曾指出教育资源配置不合理，这确实需要解决，但最伟大的教育资源就潜藏在学生们身上——如果不用应试教育去束缚学生的潜能，而是顺应他们天性中的各种兴趣健康成长，开发其天性中就有的探究思维，那就能释放出生机勃勃的可不断再生的教学资源。

在课程改革中，有不少地方认为我们这儿教育资源落后，还不具备课程改革的条件，应该慢一步。东西部经济发展悬殊是客观事实。今天在城市中，不少名校不仅有丰富的教育资源，也有丰富的应对考试经验。而经济欠发达地区的师生，如果不走出应试教育的怪圈，仍然跟着应试模式走，怎么拼都是拼不赢的！这应该引起经济欠发达地区的师生和家长们认真思考、判断和选择，也需要引起地方政府领导者的重视。越是经济落后的地区，越是要尽早走向新教育。

第三大要素：变革考试评价制度

许多投身课程改革的教师付出了艰辛的探索和努力，普遍反映受阻于“高考评价制度”这个瓶颈。

为什么国家明令给学生“减负”，家长却自动给孩子加压？

学校禁止了双休日“补课班”，社会上便涌现各种“加强班”。

民间说：“素质教育喊得山摇地动，应试教育稳如泰山。”

家长们对“加强班”趋之若鹜，既不堪重负，又无可奈何。典型的说法是：人家的孩子都去加强了，我的孩子不去，那不是要吃亏吗?

“县一中模式”，甚至实行全封闭管理，专攻高考。这些都堪称应试教育的堡垒。举国的高三教学，基本上是一轮又一轮的应对高考复习，每年有千万左右的高三学生，有数十万的高三教师，还有数不清的复读生浸泡在题海中。这一切算不算是举世无双的最大浪费？国家宝贵的教育资源、学生精力和家长资金，都在为这笔巨大的浪费买单。

高考的影响所及，远不止高三。“应试”与“素质”，从小学开始就像拔河似的争夺着、撕扯着师生和家长的心。不少校长和老师们也说，我们知道这样做对培养学生的才能和良好品质都没有好处，但又不得不……并说：“我心里很矛盾，也很痛苦。”

为什么如此矛盾?

因为现行高考仍然主要是以学生各科成绩相加之和作为评价标准。各级也以高考录取情况来评价老师，评价学校，评价分管教育的党政领导的政绩。这个评价标准是否科学，还是已经给我们带来严重的负面影响，实在值得各级领导者认真审视。

有人说，在中国高考指挥棒下，基础教育阶段已经没有学生，只有考生。我们怎么反驳?

真正的学生是面向未知世界去汲汲求知者。

考生是把精力用于训练解答世上已有的标准答案者。

现行高考未能得到根本变革，举国教育就被约束在培养考生的怪圈中，而非真正地培养学生，则青少年损失，国家损失，没有比这更大的了。

那么，能取消高考吗？

许多声音反对。说高考毕竟还有公平，如果没有高考，靠什么来选拔人才？还有人说，要是没有高考，那就是官二代、富二代上大学，平民子弟升学机会渺茫。那怎么办呢？我们这个伟大的民族，对此束手无策？

其实，不能把考试作为唯一的评价方式，创建综合评价体系，这也是教育系统早已不陌生的声音。但是，需要真正基于信息时代的实实在在的钻研和行动。

审视工业时代的教学方式，显著特征是重传授，注重同口径、同规格、标准化，如同在生产线上生产产品那样“生产”学生。与此相配套的评价方式，也像对工业品的检验方式，拿个标准化“答案”去衡量，符合就贴上“合格”标签，给予录取，不符合就淘汰。

我们通常不说“淘汰”，说“选拔”，声称“为国家选拔人才”。可是，教育该把国家需要放在首位，还是把学生需要放在首位？这是个需要认真回答的问题。

教育以学生为本，才利于针对教育对象培育人才，从而使国家博有人才。站在以学生为本的立场，就会致力于“造就”；站在国家为重的立场，势必着力于“选拔”。这是不同的立场、不同的世界观和不同的教育方式。

教育不是像竞技体育比赛那样要决出拔尖者。我们的义务教育是致力于普及的教育，在主导思想和教育实践中，都应该充满造就功能，而非浸透选拔功能。

现行高考评价制度导致应试模式固若金汤，阻碍创建新教育。不少人认为，这个“瓶颈”不解决，课程改革就很难。那么只能等待考试制度的变革，才能真正推行课程改革？课程改革能不能从基础建设上动摇现行考试制度的堡垒呢？

教育以学生为本，这应该是我们最基本的出发点。

每个学生有不同的兴趣、爱好和天赋。不仅在语文、数学、音乐、舞蹈、绘画、体育等方面各有所长，在与人交往、互相帮助、参加公共活动，以及组织能力等方面也各有所长。建立基于学生各方面表现的综合评价体系，需要教师在课程改革中从学生入学之初就着手。

有人说：“一年级离中考、高考还远呢，现在做了给谁用啊？”

我以为，这么说是因为观念仍然停留在“选拔”上。

请注意，新教育的综合评价体系，并不是用于遥远的将来由谁来选拔他们，而是此时此刻就用来激励学生本人。

并不只是语文、数学成绩好的学生就是最优秀的学生。音乐、绘画成绩突出的学生，无论今天和未来的发展，都丝毫不逊于他人。而体育突出者，谁能说他将来没有可能到奥运赛场上为国增光？参加公共活动，如果组织能力超群，未来可能是一个企业家，甚至是各级政府乃至国家的领导人。

孩子幼年时表现出来的天赋资质，需要老师在孩子入学的第一时间去发现，去鼓励，去精心培育。自信心、远大的理想、高尚的追求，都需要从这时起对他们才露尖尖嫩芽的兴趣、爱好和成绩予以充分的激励性评价。在这样的综合评价中，学生的优点会得到巩固和发展，有自己的长处作为自己的根据地，那就是自信心的基础，他们一定还会去吸收他人之长。

在成长中，特别是进入初中、高中后，他们的兴趣爱好也可能发生改变，那一定是听到某个自己特别有兴趣、有信心的领域对自己的召唤。他们在这方面的能力也可能快速增长，渐渐地，就明白了自己将来更适合到哪个领域去发挥作为。

所谓没有差生，只有差异，尽可能使每个学生得到符合自己特征的发展，是需要这样去实现的。一个丰富的生机勃勃的社会，本身就需要各种人才。

再看我们重视的“选拔”。“选拔”的另一面是“淘汰”，我们是否该问一下，教育事业面对孩子，究竟有谁家的孩子该被淘汰?

新教育的评价制度，不是用来选拔或淘汰学生的利器，而是学生成长的加油站和推进器，能对学生未来的发展具有导向作用。改变工业化时期教育的选拔功能，使之充满造就功能，这几乎就是创建新教育的标志性任务。

我国现行的重视期中考和期末考的评价方式，多少留有农业时代夏收和秋收的痕迹。在这种评价方式中，常有学生平时不努力，临近期中、期末再突击，突击来不及就有作弊的。

在成人的日常工作中，那些平时不努力，临时抱佛脚的，那些投机、不负责任的，我们能从他们的行迹中看到以往教育之弊留下的痕迹。

如果不是只重视期中考和期末考的成绩，而是从第一单元开始，就把他们的成绩记录下来，这些成绩就是要进入综合评价的有效成绩，那就有利于使学生每天都负责任地对待学习，知道自己每天的付出都是有价值的，就懂得珍惜自己的每一天。如此，学生得到的就不只是考试成绩了。

建立起学生从小学一年级到高三的综合评价体系，会是梦想吗，会比人造卫星登月还难吗？中国人有能力让“神九”上太空遨游，没有能力建立起学生的综合评价体系？

如果建立起比“一考判终身”更科学的评价方式，就会真正发现，用几张卷子去评价一个学生十二年成长的方式是多么荒谬。

有人说，这样的综合评价文档可以通过“搞腐败”任意修改。

今天交通部门对驾驶员遵守规章状况的档案记录，有效地管理着社会的交通安全。政府各级人事部门的档案管理体系也早已成熟。学生的综合评价电子文档如果可以通过灰色、黑色关系随意修改，教育系统该如何看待自己的尊严？

如果真是那样，我们面临的就不只是教育的腐败，而是整个社会诚信底线的崩塌。

数字化技术提供了一个网络连通的世界，大学与中学之间的理性沟通是可以建立的，新的评价方式有益于各大学根据各自的特点和培养方向，对报考的学生有一个更充分的考察了解，从而决定——录取怎样的学生才更有益于双方。

中国高考会永远像今天这样考下去吗？

我相信以高考为代表的中国考试制度必将随着新教育的建立而发生重大变革。中国已经开始实验的部分大学自主招生，一定会在未来推而广之。大学自主招生的本质属性，也不是选拔，而是选择。

学生依据中小学阶段老师们为自己建立的综合评价电子文档等资料（当然包括多年的学习和考试成绩），直接向自己选择的国内或国外大学呈递申请，这是学生与大学的双向选择。

变革评价制度，不可能孤立地在变革考试中做文章，仍然需要在课程改革的过程中，通过创建与课程资源、教学方法相适应的综合评价体系，从根本上改变我国现行教育“选拔至上”的弊端，使之在学生成长的全程中充分体现出“造就功能”。

结　语

我国正在实践中艰难创建的新教育，无疑将深刻改变二十一世纪中国人的学习方式、知识构成，提升创造性能力，提升人的素质，并有力促进中华民族的伟大复兴。

创建二十一世纪的新教育，将在今后几年中由我们这一代师生踏出新路，这是多么光荣而值得子孙后代尊重的事业！

要实现这样重大的教育转型，不只是教育系统的事，需要全民的理解和支持。

我们有一千个理由能做好，我们没有一个理由做不好。

二〇一二年九月

跋

这本演讲集的出版，得益于萧雨林坚定地认为它有“独特的阅读价值”。

我问她：怎么独特？

她说，图书通常写得细致，事件、背景及种种曲折徐徐道来，读者要花很多时间；而演讲要在有限的时间里打动人，必须选取其中最重要、最精辟、最能让听者受益的内容来组织语言。她认为出这本演讲集，读者拿在手里，可以阅读到一种更精练的文本，可以反复品味那些撞击人心的话语。“而且，”她笑笑地说，“你讲的比写的好。”

这句话是表扬还是批评呢？

当我再读她编定的这本演讲集，我渐渐感觉到她话语里的意义。对照“演讲”和我自己往日写的文章，我开始反思，我平日撰文著述有必要写那么多字吗？可不可以更精练一些？能不能认清有哪些是可以不必写的呢？

我不禁想起司马迁的《史记》，所写人物文字不多，却是很耐读的。我还想起朱熹的《四书集注》，所选的《大学》不到两千字，《中庸》三千五百多字，朱熹已把它们称为“书”，与《论语》并列。世间有多少厚厚的书，实不如

《大学》那一千七百多字。

我是不是讲远了？但我感觉到，萧雨林选编的这部演讲集，有值得我自己悉心体会、琢磨和学习的东西，可借鉴着用以改造我今后的撰文写作，虽然这可能是一件并不容易的事情。

以上是我从她的选编中收获到的，以为有必要记之，是为跋。

王宏甲

二〇一七年十一月五日

附录

良知：家国之魂　人生之本

——读《世界需要良知》

尹红芳

“知识就是力量”，这是十六世纪英国哲学家弗朗西斯·培根的名言，曾经响彻欧洲。二十一世纪初，中国文学家王宏甲以《世界需要良知》为题，在法国巴黎中法文学论坛上发表演讲，讲出“良知”之于人、之于社会、之于世界的意义，发人深省。

这篇演讲收在《世界需要良知》这本书中。全书收录了王宏甲二〇〇四年到二〇一七年间在国内外的六篇重要演讲和一篇文章。读罢掩卷，一种久违的温度和巨大的力度，激荡心间。

正如书中所言：“写给眼睛的文章通往头脑，写给耳朵的话语更容易到达心灵。”《世界需要良知》的每一篇演讲，在我读来，句句动心。

该书每一篇演讲，思想内容各有侧重，但其间的精髓和核心都紧扣“良知”。“良知”二字，像一颗颗带着密码的有温度的珍珠，贯穿于作者给读者剖析的“人生”之中、

“家国”之中、“社会”之中。王宏甲用这个名为“良知”的密码，以深入而独特的视角，解读中国文化之基，探寻历史发展之路，剖析教学育人之本，诠释文学艺术之用。

这一颗颗蕴含着独到眼光、深刻体悟、感人情怀的“珍珠”，因为注入温情力量，总能温暖心灵。

王宏甲首先满怀深情地解读着中华文明和中国传统文化，深入挖掘国人“文化自信”的根基。在他看来，只有深刻地了解我们的民族历史、民族文化，了解我们的本质和优势，才能真正拥有文化自觉和文化自信。

他从解析文字入手引导读者了解中华文明的精髓。他认为，如果用一个字来形容中华文明的本质，那就是“融”。他对中华最早的姓氏“风”（繁体字写作“風”），这样解说：“風”的象形描绘是天穹下一条长虫，这是蛇图腾的标志。龙以蛇图腾为本体，融合其他氏族的图腾，如鹿图腾、牛图腾、虎图腾、龟图腾、鹰图腾、鱼图腾等，林中走的、旷野上跑的、地上爬的、空中飞的、水里游的，都各有代表。仅仅融合具体的人群还是不够的，中国龙的创造，还凝聚着对各氏族信仰的尊重。所谓“风俗”，由此开始。风俗，讲的就是要团结、要融合。他继续诠释：“融”字的右边也有一条“虫”，中国古人以“右”为先，其文字信息也在告诉我们，龙的传人从蛇图腾开始，自觉地团结四面八方，形成了伟大的中华民族。

他诠释“和谐”，“和”，从禾、口声，人人有饭吃的意思；“谐”字，从言、皆声，人人能表达自己声音的意思。按今天的理解，“和”讲的该是民生，“谐”讲的该是民主。尽管也有学者做别的解释，但在王宏甲看来，“和谐”二字里昭示着祖先图腾、智慧密码，融合与和谐，是中国文化千秋万岁不变的旋律，是凝聚中华民族最伟大的力量。

这种力量，让一代一代的国人，不管是在家国昌盛之时，还是在遭遇危机之中，都能以铮铮铁骨屹立于世。一九〇〇年八国联军攻陷北京时，西方人认为四大文明古国尚存的最后一个到灭亡的时候了，可是二十世纪，中国又顽强地站起来了。靠什么？

王宏甲深刻地解析：中国哲学认为，强可以变弱，弱也可以变强。中华悠久的文化精神是渗透万代国民的，因而总能在最危难的时期挽起手臂，众志成城，共救国难。西方列强侵入中国，遇到的最大的抵抗力量，既不是中国政府，也不是中国军队，而是遇到了伟大的中国文化和中华文明。

阅读这本著作，你便不只是感悟中国传统文化的博大精深——博大于何处，精深在哪里，你还能从中真正体味到它是何以博大，何以精深。而这博大精深的根基，便在于两个字：良知。

历史的发展和进步，总有一种精神力量在有力推动着。

这种力量，潜藏在为社会发展做出贡献的每一个人心中，这一个一个的人，便是人民，这种力量，便是王宏甲所言的“良知”。

是的，一个人成其为人，正是心有“良知”，才真正成为一个人。正是心有“良知”的一个个人，才组成了人民，形成健康的强劲力量，推动着历史向前发展进步。

古往今来都如此。正如王宏甲老师分析：中国人为什么自古就说“你用心想一想”？我们的祖先硬是创造出了“心想”的概念，把“大脑”和“心”的作用加以区分，这是多么高妙。因为大脑能产生聪明才智也能产生阴谋诡计，当古人说“你用心想一想”时，不是要你的能力，而是要你的良心。王宏甲认为，中国人自古流传下来的“良心观”，也就是大家所说的“良知”，表明中国人把最崇敬的桂冠，并非戴在头上，而是戴在人心上。而人心的善良品质，是唯一可以阻止这个世界倒塌的东西。

在《中国文化里的人民观》和《孔子与中国文化》篇章中，王宏甲通过梳理中华民族发展脉络及不同历史时期的荣辱兴衰，探寻中国文化的本质和智慧，深刻阐释了良知是一个国家长治久安的精神基础。

他生动形象地解析周朝代替商朝的历史演变：殷商的灭亡，不能仅仅归咎于纣帝一人的残暴，而是由于统治社会的核心价值观丧失了道德精神。从生产力构成方面说，商朝是中国历史上从金石并用转向青铜器兴盛的时代。每当生产力发生重大进步，引起经济社会发生重大变迁，都会产生一个逐利时期，传统道德会遇到严峻挑战。一个国家官风民风都追富逐利、欺贫失德，导致社会严重失衡，这个国家就到了灭亡的前夜。周公汲取前车之鉴而倡导德治，这是周朝最显著的特征。怎么才能有德和保持住德呢？周公试图在人心的内部塑造有德的品质，从而使人产生约束自己的力量。周公选择了当精神的建设者。执政者如何能坚守良知、续承良知？王宏甲认为，唯心中有人民。

“人民”二字，深深镌刻在王宏甲的人生字典中。不管是讲座，还是著书撰文，他始终鲜明地表达着自身坚定的“人民立场”。他认为，千秋万代，最不可阻挡的就是人民的愿望、人民的力量。得民心者一定会在人民世代传颂中形成一个民族的集体记忆。这不是哪个政权能决定的，也不是资本能决定的。这是民心决定的。这是中国文化。

王宏甲对“人民观”进行独到而深入浅出的分析：在中国，建设人心，做得最好最广泛的莫过于中国共产党宗旨里规定的“为人民服务”，它的倡导者就是毛泽东。毛泽东在任何巨大困难下，都胸有必胜的信心，就是因为他看到了人民的力量。具体说，毛泽东看到被世界潮流认为最落后的农民群体其实是拯救中国的最大的力量。这不仅因为他看到了农民是中国人民的绝大多数，还看到中华文化所孕育的人民的品质，是崇德、善良、勤劳、勇敢和捍卫正义的。

“多少宏伟的宫殿倒塌了，多少雄强的帝国崩溃了，多少曾经繁荣的经济消失了，但《诗经》没有消失。两千多年来，它是中国读书人必读的教科书，对塑造中国人的道德良心，乃至中华民族精神品格的形成，一直颠扑不破地发挥着不可或缺、无可取代的巨大作用。”王宏甲是这样看待文化和文学深远的作用的。

推及教育，王宏甲发现了这样一个引人思索的客观规律：就技术层面来说，铁器会取代青铜器，微电子技术会超越齿轮，但就人的心灵和精神来说，人类的良知能照耀千秋，具有不灭的光辉。王宏甲认为，成人永远比成才重要，因为人的才能如“器”，具有工具的特征，那是可以用来做好事，也可以用来做坏事的。由此提出，在一切工具之上，应该有能驾驭工具的东西，这种东西就是人的良知。宏甲老师也因此而提出：教育的第一大任务就是育人，建设人本身。从学生角度来说，就是认识人生，建设人生。

《世界需要良知》是一本与众不同的能让人在熙熙攘攘的世界里静下心来思考人生之意义、家国之发展、社会之规律的书。宏甲老师对中华文明的深刻理解和深情解读，对中国文字构造奥妙的独特诠释和衷情传达，对中国历史发展脉络的深刻梳理和本质把握，对文学艺术价值的深入挖掘和真情解说，对教育教学根本的探寻和路径的剖析，都令我深深赞叹、折服。

这本书对我有着深切的生命启发和深刻的心灵触动。我不知可不可以这样说，如果你是党政干部，对自己的工作尚存迷茫，从中可能找到当好一个干部的文化涵养；如果你是教育工作者或学生家长，假如对如何教育好孩子有点不知所措，也许可以从中汲取到教育学的真谛；如果你是一个普通职员，对工作和未来找不到方向，从中或许能收获动力和精神力量；如果你正徘徊不前，这本书可能会像一盏灯，给你一种亮堂。

这本书的价值又不止于此。其间一段段振聋发聩的言说，一个个激荡灵魂的观点，一种种启人心智的见解，一定能通过你的眼睛到达心灵，让你从领悟大千世界到思考自己，思索生命价值，反思人生意义。正如宏甲的好友师学军所说，王宏甲的作品里，有一个很大的天地，有一个温暖、睿智、充满希望的世界；正如文怀沙先生所说，王宏甲的作品，每每让故事充满思想，让思想充满温度。

阅读《世界需要良知》这本厚重而精辟的著作，我相信读之者将在深厚而细微的思想体验中，在浓浓的真情与交融的智慧中，在宏大的陈述和精美的言论中，心灵得以滋长，人生得以丰满和升华。

【编者】尹红芳是湖南省作家协会会员，湖南省文艺评论家协会会员，毛泽东文学院首届签约作家。2019年4月23日第二十四个世界读书日，中国文艺评论网转发了她首发于“新湖南客户端”的这篇评论文章。